AF205921

Kay Ganahl

Der Gedankenkasten

Der

Gedankenkasten

Prosaminiaturen

von **Kay GanahL**

Bibliografische Information der Deutschen Nationalbibliothek.
Die Deutsche Nationalbibliothek verzeichnet diese Publikation in der Deutschen Nationalbibliografie; detaillierte bibliografische Daten sind im Internet über http://dnb.d-nb.de abrufbar.

Gestaltung/Layout: Kay Ganahl
Cover (Text und Bild): Kay Ganahl

ISBN: 9783746093833

Herstellung und Verlag: Books on Demand (BoD) Norderstedt 2018

Inhalt

43 ... zu den Bewegungen des Aufwärts

52 ... zu den Bewegungen des Abwärts

68 Und zu dem, was Liebe sei ...

82 ... was Hass sei!

90 Gedanken zu Fragen des Raums

Vorangestellt

Mit der Literatur ist es gar nicht so einfach:

Was ist Literatur?

Warum wird sie verfasst?

Welche Literatur ist gut, welche weniger gut - und aus welchen Gründen?

Wer ist ein Literat, wer nicht?!

Wer mag sie? - Wer braucht sie? - Ja, wer kauft sie denn?

Diese hier gestellten Fragen sollen verdeutlichen, wie kompliziert Literatur ist. Antworten zu bekommen ist immer möglich, aber die Menschen geben eben höchst unterschiedliche. Das macht es natürlich besonders interessant, wenn man der Literatur kritisch und frei von Vorurteilen begegnet, sie mehr als nur lesen will. Die Begegnung mit ihr sollte zudem eine kreative und zukunftsbezogene sein. Jeder Leser kann ihr, jedem einzelnen Werk, offen und persönlich unvoreingenommen begegnen! Das ist zugegebenermaßen eine Forderung an den Charakter.

Im vorliegenden Buch Gedankenkasten befinden sich, wie schon der Name sagt, Gedanken. Das ist an sich gar nichts Besonderes, wie denn auch!? Allerdings: Sie wurden in die kurze literarische Prosaform wurden gebracht - können „herausgenommen" werden. Dazu lade ich herzlich ein. Man möge diese Gedanken unvoreingenommen herausnehmen und aufnehmen!

Es erwartet den Leser immer wieder ein Werk mit einem ergiebigen, will heißen aussagekräftigen und inhaltstiefen, oft auch konklusiven Ende; mit sinnvollem Inhalt, kurz, prägnant und klar. Die auch malerische, erzählerische Kürze prosaischen Sich-Äußerns zeigt, dass mit wenigen Sätzen der Kern einer Aussage vermittelbar wird. Eine Prosaminiatur ist geeignet, Lebensrelevantes kurz aufzuzeigen.

In diesem Gedankenkasten befinden sich solche Gedanken, die viele Menschen bewegen und innerlich ausfüllen - sie zu Emotionen hinreißen können, auch zum Nachdenken bringen.

Prosaminiaturen zum Thema Literatur. Sie sollen den Leser „auf den Geschmack bringen":

Es komme jetzt sicher der literarische Erfolg, so ist manchmal zu hören, aber Zeichen verführen auch zu falschen Deutungen. Vielleicht wird es ein Misserfolg: Der Autor geht möglicherweise leer aus. Kritiker sind es, die für Falschdeutungen sorgen können!

Leser kaufen vor allem Unterhaltsames, aber der Literat, der seine Zielgruppe versorgen will, könnte scheitern, weil seine „Produkte" inhaltlich anspruchslos sind.

Wer denkt an die, die die Bücher lesen? Auch der Autor? Ein Leser will sich im gekauften Buch vielleicht nur gespiegelt wiederfinden. Dies schmeichelt seinem Ego. Es deckt ein Konsumentenbedürfnis ab.

LiteratInnen beliefern die geistige Welt – nicht selten erhalten sie zu wenig Feedback, es fehlt die literarische Anerkennung. Das geht vielleicht so lange, bis eingesehen wird, dass es einfach zu viel Gleichgültigkeit gibt.

Wahrlich, es existiert die Liebe zur Literatur. In einigen Büchern, in denen sich Leser gespiegelt sehen, ist der Literat jedoch bloß der geistige Hintergrund -

Kay Ganahl

Gedanken zum Politischen

ALLEIN DER MENSCH, AUCH GEMEINSAM MENSCH

Auf sich allein gestellt, ist mancher Mensch überwiegend funktionstüchtig, auch und gerade ein Wesen der Arbeit; doch das,
was Gesellschaft ist, die Anderen, brauchen, benutzen ihn immer wieder und ziehen ihn deshalb in den sozialen Zusammenhang des Gemeinnutzens, der für einen jeweils Anderen le-
bens-, ja überlebenswichtig ist. Oder zumindest so aussieht!
Lebenstatsächlich ist durchaus, nicht jeder Mensch kann allein
sein und so funktionieren. In der politischen Sphäre bündeln
sich die Interessen, die in der Gesellschaft wirken, realisiert
werden. Dies führt dazu, dass Menschen eine Vertretung ihrer
Interessen für sich als notwendig oder zumindest wünschenswert erachten. Der politische Entscheider wird mit zunehmender
Bedeutung der Interessen, die vertreten werden, immer wichtiger für die ganze Gesellschaft - mit ihm der Gemeinnutzen. Es
stellen sich alle erdenklichen politischen Fragen. Probleme von
politischer Relevanz werden oft auch als solche erkannt!

ALLEIN UND DOCH NICHT ALLEIN

Was tatsächlich wird und welche Entscheidungen fallen, wie
und wann sie „unten ankommen", liegt nicht am einzelnen Politiker, sondern an der Gesamtheit derer, die politisch-praktisch
tätig sind, aber genauso an denen, die sie wählen. In diesem
Zusammenhang sind die verschiedensten Möglichkeiten, Chancen und Risiken ziemlich unübersichtlich angesiedelt. Demokratie bedeutet, dass sehr viel vom Engagement abhängt, das viele Einzelne an den Tag legen. Machtstrukturen verunmöglichen

allerdings so manche Umsetzung in die Realität. Das gereicht zum Nachteil der Gesamtgesellschaft!

ASPEKTE ZUM NEUEN IN DER POLITIK DER REPUBLIK

Es kommt wie aus dem Nichts, wie es scheint. Dies könnte ein Schein sein, der trügt, aber vielleicht auch die Tatsachenwahrheit ... eben aus dem Nichts: Hier, in diesem Moment - kein Irrtum. Aber, ehrlich und wahrhaftig, vielleicht ist auch jede kleine Veränderung, die als Tatsachenwahrheit aus dem Nichts kommt, bloß trügerischer Natur!

Einst gab es nur Amtsträger und andere „politische Gestalter", die viel davon sprachen, was hätte sein können und was gerade heute hätte längst sein können - ! Die aber dann doch - immer wieder mit Erfolg - Fakten setzten, und dies war ohne Kritik und Widerspruch hinzunehmen! Manche von ihnen „machten" Geschichte.

Wer als fortschrittlich gilt und auch so handelt, dabei „von außen" kommt, wird gern abgestuft, diffamiert, an den Rand gedrängt, denn er verunsichert zu stark. Die Menschen fürchten sich, - ihnen geht es auch um ihren Besitz. Um Menschen. Um ihr Leben eben!

In unserer Republik spricht „die" Politik davon, dass im pluralistischen Gewimmel der Meinungen und politischen Gestaltungen vieles möglich sei. Jede politische Partei stellt ein eigenes inhaltliches Konzept - Parteiprogramm genannt - vor! Letzten Endes - und es gibt immer ein Ende der Vorläufigkeit - bleibt alles beim Alten. Der enge Handlungs- und Entscheidungsrahmen ist von der geltenden Verfassung einfach nur wie für die Ewigkeit gesetzt!

BEDRÄNGNISSE

Im Mittelpunkt des Interesses - immer wieder, überall. Die Zeit drängt stets. Von allen Seiten wird versucht, zu beeinflussen. Positiv sei dies, negativ das. Es geht darum, dass die Richtung die richtige ist. Mit der falschen können die Einflussnehmer nichts anfangen. Sie lassen nicht locker. Sie wissen von sich, dass sie die Wichtigsten sind. Alle anderen können warten! Bitteschön!

DAS LIEBE GELD

Der deutsche Parteipolitiker, aber längst nicht nur der, ist am Geld sehr interessiert. Und wer Geld dringend benötigt, kehrt der Gerechtigkeit, der Wahrheit zwar nicht den Rücken zu, aber doch weiß der geübte Machtjongleur und Beziehungspfleger in der Politik genau, was er zu tun hat, um „zu Potte zu kommen". Der richtige Weg ist immer der, der zur Geldquelle führt. Es darf sich dann auch um einen Umweg handeln. Hauptsache ist, dass am Ende die Kasse stimmt! Nur die Öffentlichkeit darf nichts von all den gewieften Praktiken erfahren, die ausgeübt werden. Ganz gewöhnliche, rechtlich abgesicherte Diätenerhöhungen sind eines. Wer weiß denn schon, was sonst noch so läuft … Liebe Leser: Wir wollen gerecht bleiben. Nicht jeder Mensch ist käuflich. Möglich ist, dass es auch an Geld desinteressierte Parteipolitiker gibt.

DER SINN DER POLITISCHEN KOMMUNIKATION

Der politische Inhalt muss verbreitet werden. Das geht heutzutage vor allem über die Medien vor sich. Die politische Rede im Parlament ist der direkte Zugang zum Bürger, der vor dem TV oder dem Radio sitzt - und so weiter. Er nimmt mehr oder weniger von dem auf, was geredet wird.

Jeder politische Inhalt muss als sinnvoll gelten. Und dies wird vom Bürger immer wieder stark hinterfragt, sobald er kritisch nachdenkt. Denn das Aufgenommene erscheint ihm allzu oft widersinnig, leer, abstrakt, arrogant, eben als ein Unverständliches; zumal als ein Gerede, welches noch erklärt werden müsste.

Social Media, TV-Talkshow, Interview hier und da, das Straßengespräch, eine Parteiveranstaltung vor Ort. Auch dort trifft der Politiker auf den Bürger, der willens ist, zu verstehen, jedoch auch (wie so oft und seit langem) an der Unverständlichkeit der kommunizierten Inhalte scheitert.

DIE PARTEIEN UND DER WETTBEWERB

Wir haben es mit politischen Parteien zu tun, die im Wettbewerb um die Gunst der Wähler stehen. Jede Partei meint, mit ihrem Programm und ihren praxisorientierten Konzepten als auch fähigen, kompetenten Politikern einen Weg des Erfolgs gehen zu können. Es gehe nicht nur um den Vorteil der Partei …

Der Einbruch der Nacht einer tyrannischen Herrschaft eines Einzelnen oder einer Gruppe oder einer Partei könnte bis auf Weiteres unmöglich sein. Doch alle, auch Parteien, sind nicht vor Korruption, Machtmissbrauch und Klüngel gefeit. Erfolgsaussichten erzeugen Neid und Missgunst bei Menschen. Konkurrenzdenken verursacht mitunter Unmut.

EINE GELEGENHEIT, KEINE GELEGENHEIT

Was sich gerade positiv ergeben hat, ist sichtbar, frei. Es ließe sich mit Geschick schnell voll ergreifen. Man wird darauf hingewiesen „Schau' mal!" Alles- und Altkluge geben Hinweise, lieber noch Ratschläge. Der politisch Verantwortliche wartet jedoch ab, beobachtet selber; lang und länger, vielleicht zu lang. „Das ist eine Chance gewesen!" heißt es schließlich. Der Verantwortliche lacht darüber: „Eine böse Falle! Unsere Gegner hätten mich später nur fertiggemacht."

ELEND IST ZU VERHINDERN!

Zur Verhinderung! Es ist etwas zu tun! Veränderungs- und Gestaltungmacht, ganz konkret! Praktisch! Sie wollen tun, erwecken jedenfalls den Anschein, als wollten sie es tun ... Der Erfolg zählt. Darauf kommt es ihnen an. Es handelt sich für sie um den politischen Erfolg, jawohl! Wer oder was steht ihnen entgegen? Werden sie sich durchsetzen? Was geht, geht. Wohin, das ist immer wieder fraglich. Zeit ist Geld, Geld ist Zeit. Sie zählen die Opfer sogar. Aber trotzdem lassen sie sich oft genug zu viel Zeit!

ER ERTRÄGT

Der Politiker, der all dies erträgt, braucht innere Ruhe und den Überblick über die Situation, in der er sich befindet. Abschottung ist unmöglich, er muss ein Ohr für die Menschen haben! Er ist gebunden an die, die repräsentiert werden, aber auch an die, mit denen zusammen er „Politik macht". Sie sind seine Verbündeten. Ohne diese würde er bloß dahintreiben bis zur nächsten Wahl, der drohenden Niederlage. Allein setzt er so gut wie nichts durch.

FREMDE, GEMEINSAMKEITEN

Wer neu dazukommt, dessen soziale Rolle ist erst einmal eine eher fragwürdige, die von denen, die schon länger vor Ort sind, sehr stark hinterfragt wird. Wenn dann die Unterstützung „von oben" nicht so kommt wie nötig, könnten sich Neuankömmlinge verloren vorkommen. Vielleicht gefährdet! Das Teilen von gemeinsamen Werten hilft dabei, dass gegenseitig Respekt empfunden werden kann.

Der Nutzenaspekt ist sehr wichtig. Denn wer mit anderen zusammenarbeitet, teilt meist Interessen mit ihnen. Dass er arbeitet bedeutet ja, seine Arbeit (und er als Mensch, als Person, als Bürger) wird nachgefragt.

Die etablierte Politik kann die Voraussetzungen dafür schaffen, dass die Gemeinsamkeiten ausreichend betont werden können.

GEMEINSCHAFT, KOMMUNIKATION UND GEHEIMDIENSTE

Das Gemeinschaftliche könnte viel besser dastehen. Es trägt nämlich Bevölkerungsteile weiter. --- EgoMEN regieren ziemlich krass, anscheinend oft hemmungslos. SIE SIND HERRSCHEND LEER. ALS MENSCHEN. MANCHE MEINEN, SIE SEIEN NUR PUPPEN DER GEHEIMDIENSTE.

Wir leben durch das Kommunizieren … Geht's denn gut? He, oder sogar schlecht? Na ja, geht so! Dieser Tage könnte es merklich besser werden. „Tag!" - „Tag!!" Jedoch: Nicht einmal der innere Sturm der Verzweiflung wird wahrgenommen. Und die Schwätzer im Äther können offenbar nicht aufhören mit dem Kommunizieren. Sie lenken einen ab. Toll! Wer sind sie? Radio- und TV-Macher? Oder wer - ?

Geheim zu sein, hat nichts Elitäres an sich. Das ist ein Dienst für Interessenten, Institutionen und politische Machthaber. Es dient aber eben auch dazu, die Realität zu verzerren, zu entrealisieren. Nützlich - - für den Bürger - - ist dies nicht. Eventuell erreichte dienstliche Ziele sind objektiv von außen nicht erkennbar.

HANS

Nichts geht darüber, Mensch zu sein. Hans, der Politiker der Politiker, guckt in seinen Spiegel, und er sieht nur sich selbst.

Oder auch Gott. Wie könnte dies jemals zusammengehen?

Die Selbstüberhebung des Politikers als Mensch ist allerdings groß, - viele von den Politikern, gemeint sind vor allem die Berufspolitiker, meinen von sich selbst, dass sie mehr verdienen, als das, was sie haben. Besitzen. Ihr eigen nennen.

... wahrlich!

Und sie lassen unheimlich gern immer wieder von sich hören. Die Sendungen mit ihren Stimmen werden aufgezeichnet, konserviert. Ach ja: Fast springen sie aus den Bildern, die von ihnen gemacht wurden. Die Welt, wie es ihnen selber scheint, gehört ihnen! Fakt ist ohne Zweifel, dass die Medien sich darin überschlagen, ihnen Raum für persönliche Selbstdarstellung zu geben! Politik gleich Person. Person gleich Politik.

Oder ist dies eine übertrieben negative Bewertung?

IMMER STARK ! - ?

In jeder Situation und angesichts von allen Gefahren. In jedem Teil Europas, jedem Volk.

Das wäre aber schlimm.

Üble Erinnerungen an das Europa der Herrschsüchtigen beherrschen diejenigen, die zu viel anstreben. Für sich selbst, ihre Gruppe, Fraktion, Partei. Für ihren Staat! Die meinen, dass ohne sie kein politisches Wirken möglich sei.

Für sie gibt es keine Zukunft in Europa, denn es ist eines, was die Stärke als Ausdruck des Martialischen und der geistigen Leere, die nur auf Machterwerb aus ist, brandmarkt! Hoffentlich!

INTERESSEN

Wer lässt zu, dass sich verschiedenste, besonders wirtschaftliche Interessen von Gesellschaftsgruppen, in der politischen Sphäre der Entscheidung abbilden? Das sind die professionellen Parteipolitiker, ohne deren Bereitschaft zur Rücksichtnahme auf die Meinung von Verbandsvertretern keine Parlamentspolitik möglich zu sein scheint. Sie nehmen Rücksicht, wo und wann sie nur können, ohne dass die Öffentlichkeit, bzw. die Vertreter der „öffentlichen Kontrolle", es mitbekommen. Da muss dann sehr akribisch recherchiert werden.

KEINE EWIGKEIT

Unsere lächerlich-lästigen Lebensnächte scheinen ewig anzudauern, aber es gibt ja eben keine Ewigkeit! Zwar ist ein Zeitablauf naturnotwendig - nur bis zu einem Punkt. Was es gibt, gibt es noch. Kann uns eine vernünftige Politik retten? In zehn Milliarden Jahren, spätestens, stirbt die Sonne, und mit ihr stirbt unser Sonnensystem. Das ist der ultimative „Welt"-untergang. Vernünftige Politik, auf die Welt bezogen, könnte es ermöglichen, dass zumindest dieser letzte Punkt erreichbar wird. Oder ist das nur sehr naiv, zu menschenfreundlich?

KNALLFROH: „Bin wer!"

Wer endlich oben in der Parteihierarchie dazu gehört, kann sich glücklich schätzen. Er ist schon ein ziemlich erfolgreicher Mitspieler. Die Politik seiner Partei läuft nicht ohne ihn, meint die Partei, die ihn gewählt hat. Meint er selber wohl auch. Andere Funktionsträger wissen ihn zu wertschätzen, verhalten sich kollegial. So kann, so darf es weitergehen!

Seine politischen Konkurrenten und persönlichen Kritiker wissen genau, dass er derzeit nicht leicht aus der allzu wichtigen Funktion zu jagen ist, denn dafür braucht es betonsichere Gründe und beste Argumentationsketten. Wichtig ist aber auch immer, irgendwelche moralische Vergehen oder juristisch nachweisbare Delikte zu finden, die sehr hilfreich sein können. Eine Detektei bietet sich für Recherchen an. Manche Presseleute sind ganz eifrig darin, sich mit den Konkurrenten gut zu tun. Auch dies alles ist demokratisch.

MENSCH/DING

Mensch/Ding: sehen, hören; dann analysieren, beschreiben und ...

Sie werden immer genauer wahrgenommen: Tod! Leben! Die Zustände, in denen gelebt wird. Nichts kommt von nichts, alles hat Ursachen, häufig komplizierte. Zusammenhänge müssen gesehen werden!

Mensch/Ding: Sprechen, diskutieren. Werten. Meinen. Urteilen. Entscheiden.

Eine Person, die Politik „macht", steht über Mensch/Ding. Sie wurde gewählt oder nicht. Der Demos hat Stimmen, die Gewichtungen erfahren, gezählt werden. Bisher ist es immer weitergegangen.

Mensch oder Ding schleichen sich nicht, sondern bleiben. Wer weiß, wie lange noch. Die politischen Institutionen garantieren Stabilität. Einzelne Politiker können destabilisieren. Sie fragen, jeder für sich, nach dem eigenen Erfolg. Heucheln gern.

NACH DER VERHANDLUNG EIN ERGEBNIS „das alle mittragen!"

„Kann nicht sein, dass es jetzt nicht klappt!" könnte von einem höchst engagierten demokratischen Parteipolitiker gesagt worden sein, dessen Nerven in Verhandlungen, die als Resultat einen Kompromiss brauchen, arg strapaziert worden sind. Er könnte sich mit äußerst kritischen Blicken, sehr unwirsch, im

Verhandlungsraum umgeschaut haben, um die Gesichter seiner Mitverhandler wahrzunehmen, deren Nasen gerümpft, Stirnen gerunzelt und Lippen trocken sind. Sie reagieren nicht mit Worten; von denen sind schon viel zu viele gefallen. Die allgemeine Stimmung befindet sich in Höhe des Kellerbodens, der auf dem Fundament des Hauses in Estrich gegossen wurde. Dort halten sie sich seit elf Stunden fast ununterbrochen auf. Der dringend erforderliche Kompromiss lässt wirklich noch auf sich warten. Vielleicht dauert es noch ein paar Wochen. Oder noch viel länger?

„Ich brauche frische Hemden!" ruft der Politiker Aloysius Herrmannsdorff ins Handy; am anderen Ende hört ihn wohl seine Frau, die am selben Tag mit dem Zug in die Hauptstadt zu fahren hat, um dem werten Gatten die frischen Hemden persönlich zu übergeben. Gut, dass es sie gibt …

NICHTSSAGEND, ALLESSAGEND

Politisches Denken eröffnet uns Denkmöglichkeiten zukünftiger Gestaltungen in Staat und Gesellschaft und Wirtschaft und Kultur. Dabei gilt (auch bei einigen Denkern, die professorale Würden tragen): Nichtssagend ist vieles, noch mehr allerdings ist vieles allessagend. Es ist jedoch so, dass wir uns deshalb eher zu schämen hätten, als stolz zu sein, weil es nämlich eine unglaubliche Überschätzung des menschlichen Denkens bedeutet, auf das Allessagende auch nur Bezug zu nehmen! Alles sagen zu können ist de facto unmöglich. Eine Absurdität. Noch mehr allerdings: alles zu denken! (Oder auch nur denken zu wollen.)

NIEMAND IST VOR DEM SCHEITERN SICHER!

Gut, richtig, böse, falsch - ... was so durcheinanderwirrt. Die Schatten des menschlichen Geistes liegen auf demjenigen, der politisch verantwortlich entscheidet. Er muss aber so tun, als wäre alles in Ordnung. Diese Schatten liegen auch auf allem, durch welches er überhaupt erst zum Entscheider geworden ist. Es scheint, das Böse ist die große Lebensdominante. Doch man will auch das Gute fühlbar und denkbar wissen! Aus der Vergangenheit herausgezogen, wird alles erfahrbar Gegenwärtige zur Krux für eine Zukunft, die durch individuelles Entscheiden, quasi napoleonisch, gestaltbar zu sein scheint. Das bedeutet, niemand ist vor dem Scheitern sicher!

OBJEKTIVITÄT ERFORDERLICH

Im Dämmer des Immergleichen kommt einem vieles nur noch subjektiv bewertbar vor. Auf die Allgemeinheit ausgerichtetes Polis-Denken erfordert aber Objektivität, jedenfalls versuchsweise. Eine Lösung eines Problems braucht diese Objektivität! Und keine oberflächliche, zu schnelle und rein subjektive Durcharbeitung des Sachverhaltes!

Es geht dabei oftmals um Leben oder Tod. Die Erhaltung der Gesamtgesellschaft ist notwendig. Mit allen legalen Mitteln. Oder sie ist gezielt und konzeptuell verantwortlich weiterzuentwickeln! - Rücksichtnahme auf die Schwachen und Benachteiligten kann möglich sein. Wer entscheidet über Opfer? An dieser Frage scheitern objektives Denken, Entscheiden und Handeln.

PARLAMENT

Es befindet sich in einem Haus, dieses Parlament - ist eine Versammlung der Kommunikanten.

In dem großen Haus, wo wir uns dann aufhalten, wird jedenfalls sehr viel kommuniziert. Es soll sich - inhaltlich, thematisch - um Politik handeln. Um Politikhandeln. Reden ist schon Handeln? Das könnte ja sein. Es ist aber zu bezweifeln. Dennoch glauben viele Zeitgenossen daran. Im Parlament werden gewiss immer wieder Ideologien, Ideen und Konzepte öffentlich gemacht und ausgetauscht. Und Meinungen schwirren durcheinander.

Im Parlament herrscht ständig der Konflikt vor. Fraktionen gegeneinander. Politiker gegeneinander. Es gibt natürlich auch das Miteinander!

All dies geschieht prinzipiell auf friedlichem Wege (des verbalen und schriftlichen Austauschs von Inhalten), wenngleich die Rede, die Gegenrede und allein schon die Mimik und die Geste des Einzelnen manches Mal ziemlich brutal-abschätzig wirken.

PARTEIENDEMOKRATIE

Gefunden haben sich die, die vor allem gleiche politische Grundsätze haben und verfechten. Sie bleiben vorerst zusammen. Wer von ihnen führt, wird von allen, die dazugehören, entschieden - die Abstimmungsmehrheit bestimmt immer über alles, was zu geschehen hat. Solche Mehrheiten können sich immer finden - zu allem, für alles!

Demokratie heißt, über wichtige, richtungweisende Entscheidungen in Gremien abzustimmen. Und sie heißt auch, jede Meinungsäußerung zuzulassen. Aber die Abweicher in politischem, ethischem und moralischem Grundsatz, in der politischen Meinung und in dem anerkannten sozialen Verhalten sowie wichtigen demographischen Merkmalen bleiben letztendlich draußen. Aus Parteien. Aus Fraktionen. Aus Gruppen. Aus ... Sie gehören einfach nicht dazu. Sollen sie doch auch irgendwann sagen: „Wir haben uns gefunden!"

PARTIZIPATION, IMMER, ÜBERALL

Zu ihr darf es kommen, ja muss es im politischen Bereich sogar kommen. Auch außerhalb der Parlamente. Das Konzept der repräsentativen Demokratie schreibt das durchaus vor. Jedoch die politischen Dilettanten und Amateure sollen nur begrenzt für die Teilhabe am „Politik machen" geeignet sein - , weshalb es dazu kommt, dass durch die Gesetzgebung der erfolgversprechenden politischen Partizipation enge Grenzen gesetzt werden!

POLITISCHE LÖSUNG, IDEELL

Gut, dass es politische Ideen gibt, von denen so manche auf den ersten Blick vielleicht absurd aussieht, die aber bei näherer Beschäftigung einen Horizont von Möglichkeiten eröffnet. Freie Wege für Politikgestaltung werden meist offenbar, weil Ideen auf sie hinweisen.

Oder - leider! - genau das Gegenteil tritt ein. Immerhin können Politik-Blockaden frühzeitig gesehen werden. Denn Ideen, die gründlich überdacht werden, werden als mögliche Ursachen für Blockaden erkannt!

Klar ist auch: Die Weltfremdheit von Ideen kann Menschen sehr abschrecken, noch längst nicht jeden ... Findet man sie irgendwann, irgendwo teilweise umgesetzt, so könnte es sein, dass man über die Qualität der Umsetzung nur den Kopf schütteln kann.

POLITISCHE LÖSUNG, MATERIELL

Kompromisse können sehr nützlich sein. Jeder an der politischen Auseinandersetzung Beteiligte sucht sie heutzutage, wenn an ihnen nicht vorbeizukommen ist! Und nichts geht über die politische Lösung im Rahmen eines Kompromisses, die mit logischem Denken ermöglicht wird. Die Logik wird allgemein sehr hoch geschätzt. Wer sie in seinen Argumenten verwendet, hat beste Aussichten, viel zu erreichen.

So gelingt es wohl, den erwünschten materiellen Vorteil zu erreichen; nicht viel mehr! Die meisten Beteiligten sind dann zufrieden. Sie können sich darin ergehen, ihren eigenen Lösungsbeitrag besonders hervorzuheben und alles vorher Geschehene so darzustellen, dass sie in der Öffentlichkeit vorteilhaft dastehen.

POLITIKER-VORURTEIL

Der Berufspolitiker sei so und so, nicht anders. Und anders wäre in unseren Tagen das Erwünschte! Dieser Beruf ist unbeliebt in der deutschen Bevölkerung (und nicht nur in der). Der Mensch, der ihn ausübt, oftmals genauso. Aber viele Bürger würden allzu gern die Diäten kassieren, die er erhält. Sie beargwöhnen das Tun und Lassen all derer, die diesen Beruf ausüben, der grundsätzlich einer auf Zeit ist. Dennoch nehmen die meisten Bürger an politischen Wahlen teil, womit sie die Existenz der repräsentativen Demokratie und der vielen „bezahlten" Politiker erst ermöglichen. Die Ehrenamtler werden sowieso kaum ernstgenommen.

POLITIKERCHARAKTER UND WAHLVOLK

Vom Schwätzer zum Politiker ist es ein ganz kurzer Weg, der auch über Brücken führt, die von „Talentförderern" gebaut wreden. Man sucht sich seine jungen, fähigen Mitstreiter allzu gerne aus; sie sollen die, die die Macht ausüben, verstehen lernen und ihnen folgen. Der eine geht in diese Richtung, der andere in die andere.

Der Politiker in der Parteiendemokratie braucht die gegenüber den Massenmedien optimal verkörperte soziale Durchschnittlichkeit, die leicht vermarktbar ist. Das ist enorm wichtig, um beim Wahlbürger überhaupt Chancen zu haben. Wer sich in irgendeiner Hinsicht in der Wahrnehmung der Vielen, die wählen, zu stark vom Durchschnitt (oder was die Vielen dafür halten) abhebt, darf sich keine Hoffnung machen, je eine wichtige Position einzunehmen, eine wichtige Funktion auszuüben. Die Macht des Souveräns „Volk" ist groß. Es braucht die Normalität. Der erfolgreiche Politiker ist kein Führer, sondern viel eher ein „Vorschwimmer".

POLIZEIEN

Wir möchten annehmen, als mündige Bürger eines demokratischen Staatwesens unabhängig zu sein, selbstbestimmt zu leben, demgemäß zu fühlen, zu denken und zu handeln. Unser Leben im Hier und Heute sei frei! -

Es gibt natürlich die Notwendigkeit der Herstellung von Sicherheit in einem Staatswesen, wofür die Polizeien zuständig sind. Sie haben die Kompetenzen. Aber sie haben auch das Gewaltmonopol, welches zum Missbrauch (im konkreten Fall) einladen könnte. Das hängt davon ab, wie diszipliniert Vorschriften und Gesetze eingehalten werden. Der Mensch an sich ist nicht gut. Der Polizeibeamte ist es schon gar nicht.

PROBLEMLÖSER

Die Politiker. Was sie tun können, tun sie gut, behaupten sie
allzu gern. Sie behaupten viel! Ihre Welt ist eine, die komplex ist
und sich entwickelt - mit lauter lösbaren Problemen. Und diese
Probleme können natürlich nur sie wirklich und dauerhaft lösen!
Sie seien die großen Problemlöser, denen sich der Bürger sorg-
los anvertrauen könne. Nun ja, manchmal werden auch Fehler
begangen. Aber nur manchmal! Jeder soll ihnen vertrauen. Natürlich darf sie der Bürger auch kritisieren.

SCHLÜSSEL ZUM ERFOLG

Eigentlich ist im Bereich des Politischen (und nicht nur dort!)
nichts ohne die durchzusetzen, die sich lange genug innerhalb
der jeweils speziellen politischen Rahmenbedingungen, in kleinen sozialen Zusammenhängen, aufgehalten haben. Die auch
Erfolge feiern konnten, Positionen ergatterten und länger hielten. Ein Neuling muss sich an ihnen orientieren. Er hat nur
Chancen, wenn er zu ihnen Beziehungen knüpft.

SIE FEHLEN

Die großen politischen Autoritäten, denen man folgen will, fehlen. Gestorben. Noch gar nicht geboren? Vielleicht wird es sie
nie mehr geben; aus welchen Gründen auch immer. Erziehung

wäre jedenfalls gefragt, auch das Entdecken und Fördern von großen politischen Begabungen.

Sie könnten wiederkommen, aber dazu muss es sie natürlich erst einmal geben. Ich kenne jedenfalls ihre Namen nicht. Andere warten sicher schon sehr ungeduldig auf Erfolgsmeldungen. Verzweifeln sie etwa schon? Haben sie, all die Wartenden, selber auch genug Geist, Ratio und Weitblick?

SOZIALSTAAT = SOZIALER STAAT

Eine gute Zeit zu verbringen, ist sicher wünschenswert. Aber dazu gehört schließlich auch der Schutz davor, an den Rand der Gegenwartsgesellschaft gedrängt zu werden. Ein wirtschaftliches Auskommen ist zu gewährleisten; das schützt vor der Abhängigkeit von anderen, die einen in jeder Hinsicht ausnützen können. Vor skrupelloser Ausbeutung. Vor kriminellen Handlungen.

REZEPT?

Keine Lösung ist eine schnelle Lösung, keine schnelle Lösung eine Lösung! Sagt dies jemand - ? Möglicherweise. Mancheiner hat Erkenntnisse. Gründliches Reflektieren über Lösungsmöglichkeiten hilft auf alle Fälle gut weiter, aber es muss aufgepasst werden, ob der Zug nicht schon abgefahren ist ... Vielleicht gibt es keine Lösung, die von langer Dauer sein kann. Deshalb gibt aber noch lange kein simples Rezept für das Richtige, Wahre und Ewigwährende.

TOD, LEBEN

Dem Tod wird nicht gehuldigt, - die Politik, der Staat sowieso, verzichten darauf. Hingegen wird das Leben geschätzt. Der Schutz des Lebens ist für die heutigen politischen Entscheidungsträger ganz wichtig, ja elementar. Daran zweifelt keiner.

Die heutige Politik, so ihr Erscheinungsbild, ... sie lässt sich gerne treiben. Entschlossenheit scheint oft zu fehlen, ein Durcheinander der Interessen und Neigungen erzeugt den Eindruck, nichts sei wirklich wichtig und richtig. Meinungen hier, Meinungen da. Wer liegt denn wirklich richtig? Wer von den Entscheidungsträgern in höchsten Ämtern?

Und der Tod sei einfach etwas, was kommt - oder nicht. Aber irgendwann kommt er eben. Gewiss! (Binsenweisheit) Und so findet auch jede politische Strategie, Taktik und Methode gewiss ihr Ende. Parteien sterben. Ideen werden durch andere abgelöst. Dem Anfang folgt notwendigerweise immer ein Ende. - Zeiten ändern sich allerdings, Wandlungen und Veränderungen gehören immer und überall dazu. Es scheint DIE Wahrheit nicht zu geben, schon gar nicht in der Politik!

Die Frage, wer oder was die Ablösung durchführt, stellt sich aber stets!

TYRANNIS DER MEINUNG?

Verschwunden sind die Gründe für richtiges, zweifelsfreies, richtungweisendes, zielfixiertes Handeln in der Politik. Wir wissen nicht, wohin. Nun brauchen wir die Wissenschaft, um sie wiederzufinden. Auf jeden Fall ist das schwierig.

Meinung reicht uns allerdings gar nicht! Sie ist sehr leicht zu bilden, ganz besonders die „eigene Meinung"! Die kommt, wie sie will - aus dem kurzen Überlegen heraus nach Wahrnehmung von Sachverhalten, die begriffen worden sind oder nicht. Von objektivem Analysieren keine Spur! Die Oberflächlichkeit führt dabei das Regiment. Kein Zweifel, die leicht zu fassenden Meinungen von Menschen entbehren jeder rationalen Grundlage ...

VERBÄNDE

Sie gehören zum politischen Leben dazu, jedenfalls im Rahmen der parlamentarischen Demokratie nach dem II. Weltkrieg, nach dessen Ende neue Staaten gegründet wurden, in denen der Bürger auch als „Homo Oeconomicus" angesehen wurde und wird. Er hat zu arbeiten, und als Arbeitgeber oder Arbeitnehmer hat er auch und gerade seine eigenen individuellen wirtschaftlichen Interessen, die sich allerdings mit denen anderer ganz oder teilweise decken. Jeder Verband repräsentiert eine bestimmte Gruppe von Berufstätigen. Und ist bestrebt, deren Interessen vorteilhaft zur Geltung zu bringen.

VON ZUFALL UND GLÜCK IN DER POLITIK

Abstrakt ist zu denken. Zugegeben, es gibt das Glück, auch das Glück in der Politik. Aber es ist vor allem abhängig vom Zufall. Der politisch Wirkende, der Politiker, nimmt den „Glückszufall" in Kauf, der manchmal auch als erkennbar und begreifbar direkt vor Augen getreten ist. Alle politische Gestaltung ist auch zufallsabhängig! Es gibt die Abhängigkeit von den durch Gesetzgebung festgelegten Bedingungen im Rahmen eines Gesamtsystems (gemeint sind staatliche und gesellschaftliche Ordnung), welches begrenzt wandelbar ist.

Der mögliche politische Zufall kollidiert mit solchen Bedingungen! Anders gedacht: Jegliche Strukturbedingung ermöglicht den einzelnen politischen Zufall.

WAHRHEIT

Im Politischen weiß niemand etwas wirklich genau, alle glauben (im Grunde nur mehr oder weniger); stellen es aber so dar, als wären sie die einzig richtig Wissenden. Die wahrhaftig Wissenden! Der Streit um die Wahrheit basiert darauf. Ob es sie überhaupt gibt, ist dabei noch, immer noch, durchaus fraglich. Gerade die politische Wahrheit ist meist eher Behauptung als ein Teil wissenschaftlicher Objektivität aufgrund von erfolgreicher Forschung.

WARTESTAND

Im Wartestand befindet sich derjenige, der Macht und Einfluss gewinnen will - es ist ein Warten darauf, endlich jemand sein zu können, der politisch für die Gesamtheit handelt und entscheidet.

Will besser machen. Alles schnell besser! Und gründlich besser! Es wird dann auf's Tempo gedrückt.

Braucht Unterstützung von möglichst vielen Bürgern, die dasselbe meinen und wollen! Es soll in eine Zukunft gehen, die wünschenswert für viele ist.

Ist das nur in der parlamentarischen Demokratie so?

WERT DER MENSCHEN UND DER DINGE

Menschen, Dinge. Wer sich in der Gesellschaft umtut, könnte enttäuscht werden. Denn es scheint nicht selten so zu sein, dass der Wert eines Dings im Vergleich zu einem Menschen, einigen Menschen, als zu hoch eingeschätzt wird.

Ein Mensch, sogar der vertraute oder vielleicht der geliebte Mensch, befindet sich in unmittelbarer Konkurrenz zu dem, was ihn an konkreten Dingen umgibt. Dass die politischen Mächte nichts dagegen tun, ist tragisch.

WIRTSCHAFTSPRIMAT

Es heißt, sie, die demokratischen Politiker, müssten etwas für die Wirtschaft erreichen. Denn dies gebe den Ausschlag dafür, wie es im gesamten Land laufe.

Vor allem deshalb existiere der „Primat der Wirtschaft". Politisch Handelnde würden sich an ihm tagtäglich und auch in Bezug auf politische Fernziele orientieren.

Dieser Primat muss in Frage gestellt werden. Alles sollte gleichermaßen Berücksichtigung erfahren.

ZERBROCHEN ...

sei längst das Vertrauen zueinander, auf das eine politische Beziehung aufgebaut werden könnte. Das ist weithin bekannt. Es wäre eine Beziehung von Bürger zu Politiker möglich gewesen, zu einem etablierten Politiker, der der kompetente Vertreter der Bürgerinteressen sein will. Eine solche Beziehung hätte ständig so unmittelbar wie möglich funktionieren müssen. Aber leider ist das Grundvertrauen zerbrochen! Wie es dazu gekommen ist ...?! Der Politiker als ein Profi in der Politik hat längst das Image eines überbezahlten, faulen Intriganten und Kunglers, der vor allem zum eigenen Vorteil mit seinen Kollegen und Konkurrenten, oftmals im Halbdunkel, diverse Händel durchzieht.

ZUR POLITISCHEN MEINUNGSBILDUNG

Politische Meinungen dürfen nicht interessieren. Wie?

Ich tue, was mir in den Sinn kommt! Die Gedanken rotieren. Wenn ich dann, irgendwann, den „großen Sinn" für mich gefunden habe, ja entdeckt, so verfolge ich diesen mit einiger Konsequenz. Ich handele demgemäß zielorientiert. Dann bin ich vielleicht sogar ziemlich engagiert, nebenher auch für meine Mitmenschen.

Die Bereitschaft zum Kompromiss - auch im Politischen - beschränkt sich auf die Probleme, die sich im Alltag daraus ergeben haben, dieser Mensch mit dem starken Ich zu sein. Fakt ist allenthalben: Eingeschlagen ist der Weg! Ich fürchte mich nicht vor eigenen Fehlern, auch nicht vor denen der anderen Menschen. Fehler sind grundsätzlich kaum vermeidbar.

Meinungen? Gerade auch die politischen Meinungen der anderen Menschen? Nun, sie interessieren theoretisch schon, aber in der Lebenspraxis müssen sie am Rand stehen, so dass nichts davon ablenken kann, Ziele zu erreichen, deren Erreichung subjektiv nützlich und wichtig ist. Diese Meinungen lassen einen durchaus kalt - zumal dann, wenn die Vernunftgrundlage fehlt. Klar, sie sind oft auch aus freiem Denken und Fühlen entstanden, doch mangelnde Empathie und der Verfolg des Eigeninteresses, dazu dann noch das Ressentiment und das Vorurteil, spielen bei dieser fremden Meinungsbildung eine viel zu große Rolle ... schrecklich.

Aber lasst sie doch ihre falsche, dumme Meinung kommunizieren, wenn sie denn meinen, dass es sein muss! Eine Diktatur der richtigen Meinung darf es nämlich keinesfalls geben. Die

Vielfalt des Denkens und Meinens wäre allzu eingeschränkt, wenn nicht sogar unterdrückt.

… zu den Bewegungen des

AUFWÄRTS

ABSURDE IDEE   Monatelang eine Niederlage nach der anderen, aber bald werden sicher wieder Streifen am Horizont zu sehen sein. Die sind zu zählen und vom Horizont herunter zu nehmen. Endlich werde ich mich wieder wie der King fühlen!

AUSWEG   Eigentlich steckt hier jemand in der Zwickmühle. Wie herauskommen? Cleverness und Beharrlichkeit weisen den Ausweg!

DER VERZICHT!   Demokratische Politiker sind kein besonderer oder höherer Menschenschlag. Sondern sie sind wie Du oder ich. Doch dies zeichnet sie nicht aus, denn sie haben kaum Persönlichkeit. Auf sie können wir wohl eher verzichten.

EINSICHT   Nichts da! So kann und darf es nicht weitergehen! Denn die Probleme haben sich gehäuft. Jetzt gilt es, schnell und entschieden Lösungen zu finden.

ENGAGIERT, HUMAN   Wenn im Staat das Chaos regiert … Natürlich lässt sich das abstellen, indem feste, sichere Strukturen geschaffen werden. Dazu braucht es *keinen* „starken Mann", sondern engagierte, humane Politiker …, die entschlossen agieren. Auf die sich der Bürger auch verlassen kann. Sie müssen moralisch denken.

FRAU   Persönliche Schicksalsschläge können einem schon sehr zusetzen. Tiefes Tal; emotionale Durststrecke. Dann muss es auch wieder aufwärts gehen. Glücklich derjenige, der eine intelligente, empathische Frau hat, die helfen kann und will.

GELEBTE DURCHSCHNITTLICHKEIT   Lange im Wahn gewesen aufgrund des ständig wiederholten „Du bist ein Genie, ein ganz Großer!" und bekam dann mit, wie vieles zertrümmert wurde. Aus all diesen Trümmern erwächst nun das, was nie für möglich gehalten wurde: Die gelebte Durchschnittlichkeit, die zufrieden stellt.

GESCHÄFTLICH AUFWÄRTS   Geschäftsleute sprechen von „Ups and Downs". Ein Unternehmen kann nämlich nicht immer gleich erfolgreich arbeiten. Gute Mitarbeiter ermöglichen jedenfalls immer wieder das Aufwärts.

GUTER WILLE   Mit mir, mit Dir! Es klappt in diesen Tagen nicht so richtig. Das soll uns nicht davon abhalten, klar zu denken. Es wird für uns besser durch Selbstdisziplin, Vernunft, Kompetenz und den Willen zur Problemlösung! Ja doch, mit mir und auch mit Dir!

HILFEN   Vielleicht sind Menschen unter ihren Problemen begraben, können kaum herausschauen. Und dann braucht es alle möglichen Hilfen, die von außen bereit gestellt werden müssen. Es sind ganz oft materielle Hilfen - sie sind zügig, gerecht, dort wo sie am dringendsten benötigt werden und sachlich richtig einzusetzen. Intelligentes Planen spielt dabei eine wichtige Rolle; auch die „geistig-moralische Unterfütterung".

HOFFNUNG TRÄGT Aus dem Gefühl der Verzweiflung kann man herausfinden: Hoffnung steigt auf! Denn sehr schnell lädt sie dazu ein, gedacht und gefühlt zu werden. Wer sie in sich weiß, liebt sie vielleicht sogar. Und dann kann sie einen durch das Leben tragen.

KRITISCHES NACHDENKEN Wege durch einen mehr oder weniger schrecklichen Alltag reichen manchmal so weit, dass sich jemand nur noch übergeben muss. Scheußlich! Erst dann kommt das kritische Nachdenken. Jetzt aber! - Dies führt dann mit einiger Wahrscheinlichkeit zu akzeptablen Ergebnissen.

LIEBE ZUM VOLK Viele Menschen waren vor den Palast gezogen, um zu demonstrieren. Banner mit „Fuck you!", „Hau' ab!" waren zu sehen. Die Königin schritt würdevoll die Treppe des Portals hinunter, begleitet von zwei ihrer Söhne. Ein großes, langes Raunen ging durch die Menge. Dann meinte sie, die Königin, die schließlich sogar mitten unter all den Menschen stand: „Ich werde mein Volk immer lieben."

Viele von denen, die dort waren, zeigten dann aber keineswegs große Gefühle, sondern pfiffen sie bloß aus.

MITTEL UND WEGE   Jeglichem Leidenszustand muss man schnellstens entfliehen. Man sitzt dann nämlich auf einem Herd von Problemen. Dies könnte trotzdem länger dauern. Auf jeden Fall sind viele, sehr viele Mittel und Wege recht.

MITWIRKUNG   Gegen die soziale Isolation - übrigens nicht nur gegen sie - hilft seit je her das engagierte Tun. Es sollte sich auf andere Menschen beziehen. Eine sinnhaltige, zielfixierte Mitwirkung innerhalb von Gruppen ist daher verstärkt gefragt, erfreut sie doch das Herz und stärkt den Lebensmut ...

NEUER   Wohnend in einem Wolkenkuckucksheim, kommt sie nicht einmal mehr auf die einfache Idee, die Tür zur Normalität zu öffnen, die ihr auch praktische Hilfestellungen verspricht. Bis jemand kommt, der sie retten will. Er öffnet diese Tür! Es ist ihr Neuer, der praktisch Orientierte, der auch viel weiß.

Natürlich hält er keine besserwisserischen Reden. Sondern er handelt lediglich im Rahmen alles Normalen zum Vorteil seiner Liebsten.

NEUER HORIZONT ZIEHT AUF   Hin- und her gerissen. Zwischen Gefühlen. Zwischen Gedanken. Zwischen ... Problemen, die einen fesseln und peinigen. Auswege sind kaum erkennbar, brenzlig wird es immer wieder. Aber hinter mir zieht gerade ein neuer Horizont auf!

In meiner Fantasie reite ich in diesen Horizont hinein und erreiche so einen Zustand des Glücks.

PLAKAT   Schlecht wird's, tönte so ein alter Freund, freute sich.
Sie dachte nach, um die richtige Reaktion zu zeigen. Alsbald
gab sie ein Plakat mit der Aufschrift „Es wird immer besser!" in
den Druck. Das klebte sie auf die Fassade des Hauses, in dem
ihr alter Freund wohnte.

RADIKALES HANDELN   So sind sie eben! Nahezu unerträglich! Wir brauchen sie wirklich nicht, aber sie sind einfach gegenwärtig. Sind sie die Ursache für manchen Unsinn im Land?
Vielleicht. - Fakt ist jedenfalls: Sie treiben mit einem Schaber-
nack, sind rücksichtslos. Ihre tatsächlichen Absichten bleiben
aber, so heißt es, weitgehend im Dunkeln. Schon früher war es
so mit ihnen! Ach, nur das radikale Handeln gegen sie ermöglicht eine Verbesserung - !

RÄTSELHAFT   Nicht selten besteht die Notwendigkeit, durch
einen Tunnel der Erfolglosigkeit zu gehen, der nicht zu enden
scheint. Plötzlich ist doch Licht zu sehen --- wohl am Ende. Ich
renne, komme aber nie an … , worüber ich mich freue.

SCHÖPFUNGEN IM ALTER   Alt zu werden kann sehr mühse-
lig sein. Der Blick zurück, die eigene Jugend aufhellend, führt
nur zur kurzen Erleichterung. Körperliche Gebrechen und alle

möglichen Hindernisse, die es früher nicht gab, erschweren zunehmend den Alltag. Dieser wird immer dunkler wahrgenommen. Doch alle Mühsal wird durch kreative, schöpferische Gedanken positiv durchbrochen!

SELBSTAUFGABE? EBEN NICHT! Trübnis regiert: Alles Umgebende und Durchdringende erscheint dunkel, negativ. Das ist für sie schlimm! Und die ganze Welt der Gefühle und Gedanken gerät ins Wanken. Hilfe zu suchen käme ihr aber vor wie eine Selbstaufgabe …! Deshalb bleibt sie nur für sich, stets suchend nach Eigenem, welches für sie die große Lichtquelle sein kann.

SUCHEN UND FINDEN   Nicht selten ist eine Suche nach etwas Wichtigem erfolglos. Vielleicht etwas Lebenswichtigem! Dann gilt es ja, nicht aufzugeben. Es gibt immer Hoffnung.

ÜBERLEBENSNOTWENDIG   Theorien sind schön und gut, sie können zu vielen Einsichten führen, die auch Freude bereiten. Jedoch schaden sie - in der täglichen Anwendung - manchmal (oder nicht nur manchmal!) der praktischen Vernunft, die den Alltag dominieren muss, - einfach um zu überleben.

VERLIEREN   Alles Arbeiten ist mit Mühen, vielleicht mit Qualen verbunden; hier handelt es sich um eine Binsenweisheit. Wenn es einmal leichter geht, könnte die Qualität leiden. Und die sei sehr wichtig, so meinen meistens zuerst die beruflichen

Vorgesetzten. Bei Minderleistung verlieren sie ihre Jobs ... ! Sie auch!

VERWANDTENHILFE Stürzte und verletzte sich. Es kam jetzt darauf an: schnelle Hilfe oder ... Die Zeit war sehr knapp, und dann zeigte sich, wie wichtig die Hilfeleistungen von Verwandten sind, die verabredungsgemäß vorbeikommen!

WIEDERKEHR MÖGLICH Langer Leerlauf, Perspektivlosigkeit. Immer wieder crashst Du mit Sternen zusammen ... die Wiederkehr eines möglicherweise Guten könnte trotzdem erfolgen!

WELT AUS DEN ANGELN Nach Jahrtausenden der kriegerischen Konflikte könnte es zur großen historischen Wandlung – zum „ewigen" Frieden - kommen. Aber die schafft kein Politiker! Sondern bloß der einfache, befreiende Gedanke, der die Welt aus ihren Angeln hebt - !

WILL DORT BLEIBEN Was mich tragen kann, ist der Gedanke an das Größere. Er zieht mich geradezu nach oben – hält mich dann auch auf dem Level, welches ich liebe. Dort will ich bleiben.

ZU ENTLARVEN   Sie umringen uns, erwecken gute Eindrücke, die uns begeistern. Das kann ehrlich gemeint, wahr sein oder auch nicht. Falls wir erste Zweifel haben, sollten wir dazu übergehen, diese Freunde als falsch zu entlarven!

ZUM POSITIVEN HIN   Unten ist es eher kühl - die Umstände bewirken oft Negatives! Wird der Verstand erhellt, können durch eigenes Denken und Handeln die Umstände zum Positiven hin verändert werden!

… zu den Bewegungen des

ABWÄRTS

ABGEKOMMEN, ALTERSBEDINGT Es sah lange so aus, als würde alles noch einmal gut gehen. Der Kurs wurde gehalten - hin und wieder gab es positive Anzeichen, die hoffen ließen. Bäcker, der fette Mittfünfziger eilte immer, teilte auch aus, wenn nötig.

Manches Desaster ist für ihn eingetreten. Jetzt bleibt nur das Hoffen. Zuhause fühlt er sich am wohlsten.

ALLEIN IM OZEAN DER GEDANKEN Kurz gesagt: Halte man – treibend im tiefen, weiten Ozean der eigenen Gedanken - zum Luftschnappen den Kopf hoch! Der Himmel über uns ist begreifbar.

Wir stecken unseren Kopf in ihn hinein, auch wenn er noch so hoch sein sollte. Im Gewimmel der Gedanken finden wir sogar noch zu uns selbst. Das wäre die größte Bereicherung - als Mensch. Aber eben nur als ein Mensch!

ALLTAGSLEBEN Wenige erträumten sich Himmelsgefilde von Schönheit und Wahrheit. Wer aber vieles kannte und erkannte, hatte sich zu besinnen – auf die Realität unseres gezirkelten und digitalisierten Alltagslebens.

AUFSTIEG, DANN OUT Vor Jahren hieß es, sie, die schöne und begabte Marthe, sei eine kommende Größe im Beruf. Daran glaubten so einige. Jedoch entwickelte sich fast alles anders: Sie kam nicht dann, wann sie sollte. Zu oft blieb sie hinter den Erwartungen zurück! Im Keller landeten manche ihrer Arbeitsergebnisse. Bald war von ihr nicht mehr die Rede. Out.

AUS DEM HIMMEL RAUS   Im Himmel versammeln sich diejenigen, die dort weiterleben dürfen, denn sie hätten das, so sagt eine Stimme, verdient. Ohne Vorwarnung stürzen alle in die Tiefe. Das Leben geht weiter.

BÖSE ÜBERRASCHUNG   Ein Rauschen im All, das wir hören können im Bemühen, möglichst viel zu verstehen, um dereinst andere Welten zu erkunden. Es wird behauptet, dass es solche gibt, die der unseren ähnlich sind. Das hoffen wir sehr!

Wartend auf die entscheidenden Signale. Ganz ausdauernd! Sagen: „Sie werden kommen!"

Doch überraschend stehen sie vor unserer Tür, die außerirdischen Fremden: zerstören uns jetzt!

BRAIN IEH   „Wer könnte klüger sein ... als ich!?" Das fragt sich der, der Karriere im Wissenschaftsbereich gemacht hat. Doch der Lehralltag ist eine große Herausforderung, schon weil Respektlosigkeit weit verbreitet ist. Studenten drücken sogar ihre Professoren gerne an die Wand ...

DENKERGRÖSSE   Glaubte an die Größe der Denker, an deren Vorbildfunktion. Aus dem Himmel gefallen sind sie, sie sind bloß Menschen wie wir.

Wer die Bios liest, nimmt ernüchtert die Alltagsbanalitäten dieser Menschen zur Kenntnis.

Ihre Fehler als Menschen im gelebten Alltag sind wie die Fehler derer, die als ganz normal gelten.

DIE KLEINEN VIELEN   Wer glaubt, der siegt? Was für eine irrige Annahme! Denn niemand wird siegen. Der Glaube vermag die kleinen Hirne Vieler nur ein bisschen auszuleuchten.

DIE VERDICHTUNG   Wer klug dichtet, verdichtet den Inhalt bis zu dem Wesentlichen, das der Leser auch verstehen kann. Aber bisweilen ist etwas so stark verdichtet, dass Wesentliches als unwesentlich verstanden werden muss - ! Das ist dann eher Un-Sinn.

EHEENDE   „Unstandesgemäße Ehe!" so hieß es bei den Leuten, doch beide scherte das wenig, weshalb sie weiterhin im Siebten Himmel lebten. Das Ende kam dann aber, weil sie auf ihrer stark verspäteten Hochzeitsreise von einem LKW totgefahren wurden.

EIN ENDEN - LEBENSSCHERBEN   Vor! Vor! Vor! Früher
scheinbar ein ewiges Vorwärts, eine lange, nicht endende Kette, eine Prozessualität des Immer-mehr; Wachstum, welches
auch immer; ein ...

... nunmehr gibt es offensichtlich ein paar zersprungene Illusio-
nen. Sogar das Scheitern wird als gegeben erkannt. Bei diesem, bei jenem.

EINE VERSION EINER KARRIERE   Zu lange war sie unten.
Sie kam endlich auf die Idee, dass von oben alles besser aus-
sähe, wenn sie nur fleißig und engagiert wäre. Sie erhielt auch
den Führungsposten. Nach ein paar Wochen wurde sie entlas-
sen: Offenbar Versagensängste.

ENGELSSTÜRZE   Von weit entfernt, aus den Sphären einer
vielleicht äonenalten Herrschaft des Lichts, stürzten die Engel in
jedes Heim – Zerstörer oder Erhalter der Menschenwelt. Wirklich, wir lieben sie. Oder ... ?

ENTFERNT WERDEN   Verdächtige Personen werden
manchmal schnell aus dem Gesellschaftsleben entfernt. Es
könnte die Staatsmacht mit ihrem langen, unsichtbaren Arm
dahinterstecken. Dieser wird von der Öffentlichkeit, auch der
Medienöffentlichkeit eher unterschätzt! Aber dafür ist er ja auch
unsichtbar ...

ENTTÄUSCHUNG   Von weit oben Kommendes schlug irgendwann brutal auf dem kalten Boden auf. Ent-täuschung! Jetzt
sind wir im Stand besseren Wissens. <u>Die Liebe hilft nicht bei
der Lebensrettung!</u>

ERDE   Menschen gaben sich großen Plänen und Absichten
hin. Sie versuchten immer wieder, große, zukunftsweise Erfolge
einzufahren. Der Wirtschaftserfolg war dabei sehr wichtig.

Viele Methoden und Mittel waren ihnen dazu recht. Oft war es
nahezu unmöglich, sich dem zu entziehen! Es war dieser Planet
Erde, welcher sich schließlich leerte - MENSCHENLEERE ...

ERFOLG! FÜR DIE GROßEN!   Immer weiter und hoch hinaus!
Der Antrieb, erfolgreich sein zu müssen, wurde so einigen Persönlichkeiten des öffentlichen Lebens in der Kindheit anerzo-
gen. Der eine oder andere landet ausgebrannt am Rande der
Gesellschaft.

ERKENNTNIS   In den Wogen der Dämmerung zum Leben hin,
schießt erhellend die Erkenntnis empor, das nichts wird, was
nicht wahr sein kann. Aber wahr ist lediglich die Mischung aus
Lüge und Wahrheit, Gut und Böse, Sein und Nichtsein, Werden
und Vergehen ...

ERST OBEN, DANN UNTEN   Ganz oben hielten sie sich auf,
wähnten sich in einer Erfolgsschleife. Plötzlich mussten sie zu

balancieren anfangen. Es wurde gefährlich. Inzwischen sind alle auf dem Boden der Realität gelandet.

EXISTENZANGST   Es siegt jetzt fast nur noch die Konkurrenz. Sie ist besser, schneller, weiß sich vor allem besser darzustellen. Es gibt Sieger oder Verlierer, so heißt es. Jedenfalls: Aus der Traum von einer Erfolgsserie!

Dunkler Zukunftshorizont. Klar, die nackte Existenzangst greift um sich. Viele Mitarbeiter kündigen schon - suchen ihr Heil darin, beruflich umzusatteln. Doch überall gibt es das Scheitern!

FAKTEN   Viele erdachten, erträumten und erhofften Himmelssphären wurden zernichtet vom Faktenwissen, insbesondere vom wissenschaftlichen. - Das Erkennen dessen, was die Menschheit ausmacht, löste dies aus. Jetzt: Ärger, ja nackte Wut: gegen alles. Gegen jeden!

FRÜHER/HEUTE   Es war einmal ... ein Land, in dem die Sonne ständig schien. Durch Arbeit wurde Wohlstand für fast alle Menschen geschaffen. Als die Gesetze geändert wurden, schien sie nur noch für wenige -

GESUNKENES SCHIFF   Viele Jahre lang wurde, wie es allgemein hieß, alles richtig gemacht. Richtig? Gestern ist das „Schiff des Lebens" mit allen gesunken. Nur wenige haben sich retten können.

GESTERN: ES WAR EINMAL/HEUTE: ES IST   Sich erinnernd:
… an das, woran geglaubt und was hoch geschätzt wurde.
Wem auch immer (von all den lieben oder weniger lieben Menschen ringsherum) vertraut wurde! Wer einen fallenließ oder
verriet oder oder oder. Und wofür man sich reinen Gewissens
offen und mit großem Engagement einsetzte! Aber was dann
auch jämmerlich scheiterte - !

Heute ist alles anders. Angst und Misstrauen regieren. Lebensscherben werden aufgesammelt! Aha! Wie ein Puzzle werden
Scherben zusammengelegt. Wir brauchen viele weitere Fakten.

GOTT UND GÖTTER   Wir glaubten, dass wir existieren, weil
es einen Gott gibt – oder vielleicht viele Götter. Wirklich ist die
Existenz vieler Trugbilder von größter Allmacht und Schöpfer-
kraft. Und wir sind es allerdings auch.

HELLE FREUDE   Eine helle Freude kann es sein, wenn „nackte Fakten" plötzlich mit göttlichem Sinn versehen werden, aber
sobald Menschen auftauchen, die das Göttliche hassen, gibt es
diesen Sinn nicht mehr.

HIERARCHIE IN DER WISSENSCHAFT   Wer ist schon so
wichtig, dass er lebenslang als der Wichtigste angesehen werden könnte? Niemand. Sogar mein alter Mentor ist bloß noch
schale Erinnerung.

HOHE MEINUNG Sie hatte ja viel von ihm gehalten. Doch als dann endgültig klar war, dass er ein Verbrechen – er galt als „Versager" - begangen hatte, ließ sie ihn fallen. Seine Ehe scheiterte kläglich. Er landete am Ende im Fluss.

HYPE - ENDE Das Publikum und die Leute auf der Straße jubelten ihr zu. Sie hatte viele Fans. Ihre Konzerte waren meistens ausverkauft. Es dauerte aber nicht lang, dann kam raus, dass manche ihrer Erfolgssongs geklaut waren. Am Ende stand sie mit leeren Taschen da! Alles, was sie inzwischen erworben hatte, musste wieder verkauft werden.

IN DIE KRANKHEIT GESTÜRZT Fühlte sich normal, anerkannt und einfach gut: Sie sah sich als eine Bürgerin unter vielen anderen, die wichtig waren. Plötzlich erkrankte sie schwer, und dann gab es bald nur noch diese Krankheit! Ihre engen Freunde, die Verwandten und ihre Familie hielten zu ihr und nahmen Anteil. Dies war beachtlich!

KRIEG IM ALLTAG Alles, was war, war für sie außerordentlich wertvoll und geradezu himmlisch-schön, somit von größter Bedeutung - aber so einiges hat sich geändert. Das ist schnell gegangen! Die Realität hat mächtig aufgeholt, das Bewusstsein über sie erfüllt jedermann.

„Nichts ist wirklich wertvoll!" so heißt es allenthalben. Die Menschen, welche dies meinen, verzweifeln jedoch nicht. Sie rüsten zum Krieg gegen Nichtigkeiten des Alltags -

LIEBESERWARTUNG In den Himmel der Liebe aufgestiegen – und jetzt erwartet sie das Schönste. - Das Liebesobjekt hat sich vor ihrem Aufstieg verabschiedet. Sie erhielt plötzlich per normaler Post eine Karte mit einem „Schön war's!"

LITERARISCHE AKTIVITÄT Wir lassen uns eher selten irgendwo sehen, hauen lieber in die Tastatur. Dies kann ein ganzes Leben in Anspruch nehmen. Vielleicht haben wir Erfolge, vielleicht auch nicht. Aber wir wissen jedenfalls genau, dass uns die Kreativität am Leben hält!

OLYMPIAS FALL Olympische Spiele teilen vielen Menschen mit, wie groß ein Sportler ist. Im späteren Sportleralltag erweist sich dann aber, dass sogar der Olympiasieger vor allem Ruhm geerntet hat, kein Geld.

OPFER Selbstbewusste Zeitgenossen haben es einfacher im Leben. So ist mitunter zu vernehmen. Mancher erntet jedoch viel Kritik und sogar Verachtung von den Anderen - als ein Opfer seiner Selbstüberschätzung, die nach außen kommuniziert wurde. Er hätte sich bedeckt halten sollen.

Die Menschen dürfen von einem nicht zuviel wissen!

PHILOSOPH Einer, der sich Philosoph nennen darf – von der höchsten gedanklichen Höhe aus zu urteilen meint, ist nicht viel klüger als seine Mitmenschen, sondern weiß nur mehr Wörter anzuwenden, die der Liebe zur Weisheit dienen sollen.

REVOLUTIONÄRE VERÄNDERUNG   Für die Damen und Herren aus den hohen Etagen war die Welt in Ordnung. Sie profitierten reichlich. Das blieb so nicht! Sie stürzten aus ihrem Himmel in die Hölle, als die Revolutionäre erfolgreich wurden.

Mit der nunmehrigen Profanisierung des Alltags, der immer neuer wurde, erfolgte eben auch eine solche der Einzelschicksale. Alle wurden gleich unwichtig!

RÜCKKEHR   Ich habe eine Rückkehr hinter mir, weiß allerdings nicht genau, von woher ich zurückgekehrt bin, aber es könnte tatsächlich eine Fantasiewelt von geistiger Größe, menschlicher Perfektion und sozialer Unantastbarkeit gewesen sein.

SAKROSANKT GEWESEN; ENTDECKTE FREIHEIT? Angehoben und dadurch unantastbar gewesen („abgehoben"!), nunmehr wieder unten – ein Nur-Mensch. Einfach „menschlich", verwundbar sowieso, leidendes Wesen. Die Mitmenschen gucken und manche staunen. Jetzt wird rational gehandelt. Oder aber nicht! Vielleicht wird die individuelle Freiheit neu entdeckt.

SATAN? Einstmals abgestürzt ganz tief. Oh, Schrecken! Dann gab es die schlimmstmögliche Ausformung dieses einen, sehr besonderen Geschöpfs! Erster Buchstabe S.. Wir müssen wirklich nicht mit ihm zusammen leben …

SCHICKSALSMACHT Lange erlebt die Freuden des Siebten Himmels: nur heiteres Beziehungswetter! Dann: „Schluss!". Irgendeine unbekannte Macht trennte beide voneinander. Schicksal, das böse ist?

SEITWÄRTS REIN, SEITWÄRTS RAUS Wer wider Erwarten in die Gruppe aufgenommen worden ist, kann auch sehr schnell wieder ausgestoßen werden. Denn gewachsen ist da nichts. Die Aufnahme lag darin begründet, kurzfristig gebraucht zu werden - der Abgang schließlich bloß darin, nicht mehr gebraucht zu werden! - Ohne Frage: Kollegialität, Kameradschaft, Solidarität und Loyalität sind auf alle Fälle käuflich. Es herrscht der nackte Opportunismus. Allüberall.

SELBSTKRITIK FEHLT Immer wieder gesiegt zu haben führt (ganz oft) auch dazu, zu wenig selbstkritisch zu sein. Das wird (bei einem Menschen) schnell zum emotionalen Höhenflug. Hochmut kommt leicht auf. Kein anderer wird als konkurrenzfähig angesehen.

Der Zeiger der Uhr dreht sich immer weiter …, aber das täuscht gewaltig! Schwächen und Mängel werden kaum wahrgenom-

men. Der Absturz kommt jäh, das Ende! Die Anderen haben
nicht geschlafen.

SELBSTMORDABSICHT   Es läuft gut oder schlecht, jedenfalls
läuft es – bis zur totalen Langeweile, die uns dermaßen anödet,
dass wir nur noch darauf aus sind, Abwechslung zu suchen. Am
Schluss der Suche setzen wir uns die Pistolenmündung an die
Schläfe?

SOZIALER AUFSTIEG, ABSTIEG   Dem Aufstieg des Bürgers,
insbesondere des Erfolgsgewohnten, folgt ganz oft auch ein als
normal angesehener Abstieg von der Spitze. Unten wartet kein
Applaus. Alle Bürger wissen, dass nichts für die Ewigkeit ist,
schon gar nicht in der Gesellschaft, in der bloß der konkret-
tatsächliche Erfolg (in der Arbeit) wirklich zählt. Schon angesichts von kleinen Leistungsschwächen muss mit dem Abstieg
gerechnet werde - das gilt für viele berufstätige Bürger, nicht
nur Erfolgsgewohnte, die weit aufgestiegen sind.

Überzeugende Leistung lässt meist soziale Anerkennung folgen.

TEAMSTER - ARBEITSERFOLG   Im Rausch des Erfolgs! Es
ging immer weiter. Als das Team nicht mehr so funktioniert wie
es muss, ist es aus mit dem Erfolg! Das Unternehmen macht
Konkurs. Letztlich sind die Gründe dafür vielfältig.

THRONE Auf den Thronen der Macht zuhause! Doch wer von ihnen unerwartet gefallen ist, ist sicher vom Tod bedroht, heute oft nur vom wirtschaftlichen oder/und gesellschaftlichen …

TIEFER ALS TIEF Man sagt, wer weit nach oben gekommen sei, der falle später tief; es muss nicht ganz so kommen, denn mancher sichert sich klug genug ab, fällt nämlich in ein Sicherheitsnetz. Dort fühlt er sich so lange wohl, bis es reißt!

TIEFER STURZ Auch so genannte Vorschusslorbeeren sind für manche etwas sehr Angenehmes; fast schon himmlisch. Stärken sie doch das Selbstbewusstsein! Doch sobald konkrete Erwartungen unerfüllt bleiben, erfolgt der tiefe Sturz des Empfängers dieser Lorbeeren!

ÜBERHEBLICHKEIT Der Mensch dominiert die Natur aufgrund seines individuellen Bewusstseins und vielen Fähigkeiten zur Anpassung an die ihn umgebenden Räume und Wesen. - Aber er wird wahrscheinlich an seiner Überheblichkeit scheitern! Gott hat ihn (sowieso schon längst) verlassen.

UNSERE PROFESSOREN Sie stehen in der Schlange vor dem Laden, um die letzten Brote zu kaufen. Doch noch vor Tagen produzierten sich die selben Professoren in überfüllten Vorlesungssälen vor den Studenten. Sie waren bedeutend.

UNSINNSGÖTTEREI Es wird behauptet, dass ich Gott sei. Ich finde diese Behauptung ungeheuerlich, denn sie stellt mich über alle und alles - was allein schon als Gedanke vermessen ist. Es gibt gar keinen Gott. Oder?

UNTEN Über mir ist jetzt das erbärmliche Unten, ich sehe das. Die objektiv-materielle Beschaffenheit dieses Unten – ein langer, breiter Boden - erschreckt mich. Nun kann ich nicht einmal mehr nach oben blicken, ohne Angst zu empfinden.

UTOPIE? Das meiste scheint schlecht zu sein, verbesserungswürdig. Mittels unseres Geistes formen wir die neue Weltordnung aus. Sie scheitert, denn Gedanken haben nur Gedanken geformt.

VOM GRÖßENWAHN Unsere aus Größenwahn geborenen Visionen erhoben uns über viele andere Menschen. Sie schienen klein, unbedeutend und die Lügner zu sein. Wir sind die „westliche Welt" - ! Doch diese anderen Menschen sind wie wir: einfach nur Menschen. Nichts begründet, dass wir größer oder wichtiger sind als alle anderen Erdbewohner!

VOR DEM SCHÖPFER Ich stehe vor dem Schöpfer, der mich belehrt: Es sei so und so gewesen, natürlich meistens falsch. Dann springe ich aus dem Himmel in das Bassin meiner Imaginationskraft, um dort in Ruhe selbstgefällig weiter zu schwimmen ...

WAHRER HIMMEL Der wahre Himmel sei die Erde, und dann, wenn wir nicht mehr sind, werden wir tief fallen, so tief nämlich, dass es für uns keine Rettung mehr geben wird.

WAHRE ZUKUNFT Von der Zukunft wird manchmal viel Gutes erwartet. Vielleicht zu viel, und schnell kann Ernüchterung eintreten durch einen Berg von Problemen ... die Tatsachen lügen nicht.

WOLKENKUCKUCKSHÄUSER In Wolkenkuckuckshäusern bilden sich Hoffnungen und Wünsche mancher Menschen ab. Sie üben sich allzu gern im Fantasieren, bald jedoch werden sie hinab in die brutale Realität gerissen.

ZEIT Ein Gedanke die Zeit betreffend: Sie ist das, was unter anderem unsere technische Zivilisation ermöglicht, aber auch verunmöglicht. Denn ihr Fortschreiten endet gewiss, sobald das Antlitz der Erde vom Dunkel verschluckt wird.

Und zu dem, was

Liebe

sei …

1. Körperreibungen: „Prima! Es hat geklappt!" habe ich gerade gehört. Aber ob das stimmt? Manche Herren der Schöpfung wissen einfach immer von Erfolgen zu berichten.

2. Wenn es um Sex geht ... Morgens aufgestanden mit einem guten Gefühl heißt ganz sicher nicht, dass in der Nacht etwas lief.

3. Das ganze Warten auf die „große Liebe" hilft ja nichts, wenn dadurch viele wertvolle Erfahrungen erst gar nicht gemacht werden können. Deshalb muss man (n) sich auch immer selbst und alle Entwicklungsmöglichkeiten genau prüfen

4. Als abnorm gilt es, wenn sich Menschen in der Öffentlichkeit paaren, jedoch als sehr normal, wenn die Polizei dagegen ein- schreitet. Das befriedigt die „braven Bürger", welche Zeugen des jeweiligen Paarungsvorgangs (das sei „der Sexualakt"!) gewesen sind.

5. Ach, alles Mögliche geht eben praktisch nicht immer, denn Sexualität muss auf alle Fälle auch im Verborgenen stattfinden. Wir sprechen von der Intimsphäre, auf die alle Bürger ein Recht haben.

6. Bei der Trennung eines Liebespaares bricht eine Welt zusammen, diese einzigartige Welt des totalen Gemeinsamen und Vertrauens. Danach wird meistens eine neue Partnersuche durchgeführt. Sie kann erfolgreich sein, muss es aber nicht. Und nicht immer wird überhaupt noch etwas „gemeldet".

7. Die, die mit der Liebe aufhören wollen, eine Beziehung beenden, haben ihre guten Gründe. Sie treffen jedoch eher selten auf Verständnis bei denen, die sie verlassen. Weil diese sie weiterlieben wollen!

8. Gedanke und Tat! Ein Gedanke ist selten sofort die Tat, welche zu folgen hat. Gut so! Es gäbe sonst auch viele Opfer der Liebe – (Opfer des Hasses gibt es sowieso en masse.)

Liebesopfer sind diejenigen, die nicht begriffen haben, dass sie nur Objektstatus haben. Ihre Eigenständigkeit? Die gibt es kaum noch. Ihr Wille? Dieser wird vom Subjekt der Liebesbeziehung unmerklich negiert.

9. Wenn es *ihr* gut geht, dann geht es mir schlecht, denn ich habe endlich die Gründe gefunden, die gegen sie sprechen. Ständig muss ich an die Gründe denken, sie fesseln mein Bewusstsein ans Negative. Kein Mann könnte gegen diese SIE auf Dauer bestehen! Und vieles mehr.

10. Dem Mann ist kein Glück beschieden. Er dümpelt durch die Zeiten - kommt sich als Herrscher vor - , ist er doch das Subjekt des Handelns. Und zwar um das weibliche Geschlecht zu unterwerfen und um es auszunutzen. Dies hat Probleme mit der Identitätsbildung. Ja! ... keine Spur davon, glücklich zu sein.

Denn ausgenutzt zu werden bedeutet nur, dass kaum etwas geschieht, was dem Eigennutzen dient. So kann sich jeder nur als unnütz, schwach und unwichtig erscheinen.

11. Frauen versuchen immer wieder, Männer für sich zu interessieren. Umgekehrt auch. Aber wenn es einmal nicht so klappt, sagen eher die Frauen offen und aufrichtig, was sie davon halten! Ist davon die holde Männlichkeit peinlich berührt? - Heutzutage sind viele Frauen ... offensiv, offen und neigen sogar dazu, etwas Privates öffentlich zu machen.

12. Wem können wir Liebesgefühle offenbaren? Das sieht gewiss jeder Mensch auf seine Weise anders. Jedoch: Am besten sind wir vorsichtig, wohl wissend, vielleicht ist nur richtig, wenn wir uns auf nichts und keinen voll einlassen.

Es könnte Enttäuschungen geben. Liebe ist - sehr kritisch gesehen - nur ein lächerliches Wort.

13. Friedvolles und liebevolles Miteinander zwischen Mann und Frau sind zweckmäßig und sinnvoll zur Erhaltung der sozialen Bindung. Sie kann lang bestehen bleiben.

14. Die Nacktheit (des Körpers eines Menschen) offeriert viel Interessantes, ja auch und gerade die gefühlsmäßige Nähe zum Partner. Manch übler Gedanke kommt dann nicht auf.

15. Wenn eine SIE erst einmal gekommen ist, stöhnt er sich durch die Zeit und auch den Raum. Eine Beziehung entsteht. Oder es bleibt alles kurz und flüchtig.

16. Auch und gerade emotionale Kälte soll es geben, wenn sich zwei Menschen liebend begegnen. Stimmt dies? Ist das nicht der bare Unsinn?! - Sie ist wirklich nicht wegzudenken. Diese Kälte ist ein Teil der Liebe und des Liebens.

17. Lieben heißt, den Anderen so zu akzeptieren wie er ist. Geschieht dies nicht mehr, scheitert früher oder später die Beziehung.

18. Zu große zwischenmenschliche Nähe kann bewirken, dass sich zwei Liebende nach mehr Eigenleben sehnen. Also wäre es besser, sich von vornherein eine gewisse Distanz zum Partner zu bewahren.

19. Der Erfahrungshorizont des Liebhabers oder der Liebhaberin kann sehr niedrig liegen. Dadurch fehlt die gedankliche und emotionale Tiefe des Verstehenkönnens. Jedoch nur durch

Austausch von Säften, Berührungen und Worten wird nichts Dauerhaftes begründet.

20. Möglichkeiten scheint es immer zu geben ... des Kennenlernens, Verstehens, Sich-Bindens. Doch die Hoffnung auf ein Ende des Suchens stirbt leider nie, weil die Suche einfach endlos weitergeht.

21. Gut wird nie geliebt, sondern bloß geleibt. Das ist schade. Liebe ist nun einmal zum Teil illusionär, vielleicht sogar nur leeres Wort. (!) Unzweifelhafte Tatsachenrealität sind die Berührungen des Körpers, der Seele.

22. In Hotelzimmern haben sich die Liebenden gern und oft getroffen. Vor allem sahen sie TV. So hatten sie ausreichend Unterhaltung!

23. Dass in der Partnerschaft der Mann auch gütig sein muss, ist eine Behauptung - zu beweisen nicht möglich. Wir leben aber in einer Welt der Tatsachen: Wenn er arbeitet, arbeitet er immer auch für seine Frau und seine Familie. Hat dies etwas mit Güte zu tun?

24. Zahllose Geliebte soll der verheiratete Politiker gehabt haben, bewiesen wurde dies allerdings nicht. Den Leuten ist das

eigentlich egal. Die Massenmedien machen aber eine große Sache daraus, weshalb es den Leuten wichtig wird. Mit der Zeit haben sie begonnen, sich von dem Politiker abzuwenden. Dieser ärgert sich über die Öffentlichkeit in unserem Land, sieht sich als Opfer der Massenmedien!

25. Liebesmühen: Wenn es drängt und jemand auf der Suche ist, treibt es ihn schnell vor viele Türen und in viele Spalten. Wirklich gute Gelegenheiten gibt es selten. Jede muss genutzt werden! (Zote)

26. Genügend Distanz zwischen den Geschlechtern soll bleiben, denn sie verhindert Übersprungshandlungen, die zu großen Missverständnissen, auch zu Verletzungen führen können.

27. Sie, die „Weiber", waren hinter ihm her, es gab kaum ein sicheres Versteck. Die Verfolgung fand vor aller Augen und Ohren statt. Dass er ihr Opfer werden würde, war für alle vor Ort eine ausgemachte Sache! Denn er war der Idiot.

28. Liebe, Liebe, Liebe. Es war eine Kette, die endlos zu sein schien. Eine … Frau … war wie die andere!? Möglich. Jedenfalls konnte sich Jeremias später an keine mehr genau erinnern.

Verlassen worden zu sein heißt nicht, dass der Kontakt ganz abreißt, sondern bedeutet lediglich die Unterbrechung der

Kommunikation. Späterhin fängt es mit wilden gegenseitigen Vorwürfen und Forderungen wieder an!

29. Eine Bombe geht hoch! Die Zerstörung hier und nicht anderswo ist enorm. Was eine Liebesbeziehung gewesen ist, wird bald nur noch ein Sammelsurium von bösen Erinnerungen sein! Und später wird sich keiner mehr erinnern können.

30. Dort drüben gab es angeblich eine schöne Interessierte ... sie hatte einen bekannten Namen. Sie winkte ihm einmal sogar zu. Es gab schöne „Mitteilungen". Doch er ging ohne sie durch's Leben. Die Jahre vergingen. Und: nix.

31. Die Schönheit des Charakters stehe über der erotischen Schönheit des Körpers, so heißt es bisweilen. Aber wer legt eine solche Hierarchie fest? Jeder Mensch ist als ein Ganzes zu sehen.

32. Liebe gibt es auch in der Glotze und auf dem Boulevard! *Liebesgöttinnen* gibt es allerdings nur dort, wo viel Geld fließt - die Medienkonzerne füllen ihre Konten mit den Einnahmen aus den Geschäften mit den Stars.

33. Man (n) kommt ja irgendwann nicht mehr an ihr vorbei, es wird wohl ganz knapp werden. Dann muss er sich einfach entscheiden ...

In der Gesellschaft wird gehurt und geliebt - nur eines davon kann beanspruchen, einen hohen Wert zu haben!

34. Druck, Stress, Hektik. - Immer wieder kommt es darauf an, die Nerven zu behalten. Frauen können sich einem hingeben – oder vielleicht doch eher durch den Stall treiben!

35. Liebeszeugen befanden sie für „schuldig", ihm gegenüber zu nachgiebig oder/und zu großzügig gewesen zu sein. Darüber lachte sie. „Die sollen ihre Meinung haben ...!" Klar, ihre Beziehung war auf's Glatteis geraten.

Nun ja, ihre Skrupellosigkeit in Liebesdingen war berüchtigt. Sie verbrauchte jährlich mehrere Männer.

36. Rote Laternen leuchteten im Viertel auf; die Herren begaben sich zu den Boxen und suchten sich Ladys aus. Es dauerte nicht lange, dann wurde die Polizei zur Hilfe gerufen. Die Beamten waren schnell zur Stelle und sehr aktiv. Sie halfen den Ladys wo sie nur konnten. Morgens leuchteten die roten Laternen immer noch!

37. Was Liebe sei, wurde eigentlich viel zu oft beantwortet. Man zog sich sogar auf's Akademische zurück. Und was heute von allen Antworten letztlich bleibt, ist: Es gibt keine, die wirklich als schlüssig angesehen werden könnte. - Die bedeutenden Philosophen könnten aber noch ein paar interessante Beiträge liefern. Sie seien hiermit ausdrücklich darum gebeten!

38. Liebe zu diesem, zu jenem. Es gibt vor allem die Liebe zwischen den Geschlechtern, doch eben auch zum eigenen Volk, zum Gesangsstar oder zum Haustier. Usw.

Ins Herz des Anderen schauen kann niemand wirklich.

39. OHNE LIEBE ist ja doch auch sehr viel von Interesse im Leben, welches normal oder weniger normal sein kann. Es ist bestimmt VERGÄNGLICH. Die Alterung erfasst jedes liebende Lebewesen, auch die schönste Freundin. Endlichkeit schneidet immer und immer wieder überall Leben ab! OHNE LIEBE!

40. Gern hätte ich mich noch einmal ganz genau an die spezielle Liebe erinnert, die allen möglichen Menschen gegenüber kundgab, dass sie mich lieben würde. Ich war damals irritiert. Heute erinnere ich mich nur noch in Umrissen an ihre Gestalt –

41. Zeit für allerlei interessante Liebesverhältnisse zu haben wäre etwas Angenehmes – und zukunftsträchtig. Jedoch wäre

diese Zeit auch viel besser zu verwenden - ! Denn Zeit ist be-
kanntlich Geld. Oder?

42. Sie schaute die Männer oft von weit oben herab an!
Schnell war sie eine der unbeliebtesten Singles in der Stadt.
Und als sie mein Freund Karl erstmals erblickte, war sie im lau-
ten Gespräch mit anderen Wohnungslosen –

43. Liebe? Im Urlaub hatte sie ihm Liebe geschworen, gab ihm
ihre Postadresse. Nachdem bei ihr seine Liebesbriefe ange-
kommen waren, fiel ihr nichts Besseres ein, als sie ihm im Pack
zurück zu senden.

44. Viele Blicke treffen auf dieses Gesicht der Gleichgültigkeit.
Der Mensch zeigt keine Reaktion – ist ein magisch anziehender
Flaneur in einer City, die voller lebensgieriger Leute ist.

45. Ist **Liebe** nur ein Begriff für ein Gefühl, was es gar nicht
wirklich gibt? Ein leerer Begriff?! Wir können uns darüber Gedanken machen und nach Antworten suchen, - werden aber zu
keinem einzigen erschöpfenden Resultat kommen. Manches im
Leben bleibt nämlich unerklärlich.

46. Eine undefinierbare Gefühlskonstellation zwischen zwei
jungen Menschen hatte sich gebildet. Denn irgendeine männli-

che Person – angeblich ein ER – behauptete, sie zu lieben. Sie kannte ihn gar nicht! Und diese Behauptung trugen ihr Dritte zu, die sie nur vom Sehen flüchtig kannte. Komisch!? Gefährlich?!

47. Dauernd allein zu sein, lässt kaum Freude am Leben aufkommen. Es fehlt nämlich jemand und etwas! Die Liebe ist das festeste positive Band zwischen zwei Menschen –

48. Das Gefühl der Liebe ist eventuell auf mehrere Objekte gleichzeitig gerichtet, auch auf Ideen und auf Dinge, so dass die Geschlechtsbeziehung hinter den anderen Lieben keine große Rolle mehr spielen könnte.

49. Liebe zu einem großen Ganzen oder einem ganz Großen? Wie dem auch sei – bezogen auf etwas, was sehr fasziniert und ein riesiges Gefühl verursacht, so dass vom Liebenden die persönliche Annäherung gesucht wird.

50. Ich finde, ein Du wäre jetzt angemessen. Wir kennen uns schon seit Jahren. „Und was meinst Du?" – Er reagiert nicht auf diese Frage. Wahrscheinlich ist das Liebesgefühl perdu.

51. In der Jugend Verpasstes lässt sich schwer nachholen. Die Bedingungen sind immer wieder anders. Wenn auch die Liebe immer dieselbe ist!

52. Zwischen engen Verwandten gibt es unsichtbare Bande. Es handelt sich nicht bloß um die Blutsbande, sondern um eine Gefühls- und eine Gedankenwelt, die alle gleich oder ähnlich teilen.

53. Verlassene kommen sich auch heute noch gebrandmarkt vor. Die Liebe ist gescheitert! Und was für eine Schuld trägt der Verlassene?

54. Ihre Blicke bedrängen einen. Worte bringt sie nicht heraus. Was sie wohl denkt? Wahrscheinlich ist sie nur schüchtern, aber die, die sie mag, werden ihr nicht so schnell näherkommen.

55. Zwischen denen oben und denen unten gibt es kaum persönliche Kontaktflächen. Die sozialen Hürden sind immer noch hoch. Hin und wieder gelingt es der Liebe zwischen zwei Menschen, sie zu überwinden.

56. Die Liebe zu Gedanke, Kunst, Wissenschaft und Geist kann beeindrucken als unzweifelhaft gegeben und zutiefst wahrhaftig. Viel beeindruckender wird es aber sein, wenn das Profane des Alltags den Bürger ganz vereinnahmt.

57. Selbstliebe ist eher eine Zumutung für das soziale Umfeld, wenn sie oft zum Ausdruck kommt. Allgemein ist sie gesellschaftlich verpönt, wenn sich auch fast jeder Mensch selbst zu lieben scheint.

58. „Ich liebe es, an diesem Ort zu sein!" Wer dies hört, sollte nachdenklich werden, denn kein Ort ist es wert, geliebt zu werden. Bloß die dort wohnhaften Menschen sind es – eventuell!

59. Die Liebe zur Arbeit kann ein hervorragender Antrieb zu großer Leistung sein. Schnell jedoch könnte diese Liebe enttäuscht werden, nämlich sobald die Arbeitsbedingungen geändert worden sind.

... was *Hass*

sei!

1. Zum Hass

Ich hasse. Ich bin. Ich hasse, weil ich bin. Ah. Traurig ist dies, sollte gar nicht kommuniziert werden. DIE DIESBEZÜGLICHEN ZEICHEN SIND IMMER ZU LESEN. ABER TEILEN SIE DIE WAHRHEIT MIT?

Es kann sein, dass ich wirklich an diese Zeichen geglaubt habe. Lange Zeit. Heute: Ich bin kritischer denn je. Von wegen Zeichen und Wissen an sich: Eigentlich weiß ich ja kaum etwas, vielleicht nichts. Wäre dies schlimm? Nein!

Ich glaube an mich selbst, und ich bin vermutlich ein sehr kritischer Mensch, wohl wissend, dass der Hass überall ist. Ich sehe ihn in der Welt der Menschen und verachte ihn durchaus. Er führt zu den schlimmen Lebenstatsachen, ist negativ-destruktiv. Trotzdem wird er - wer weiß wie lange - Teil der menschlichen Existenz bleiben.

Denke immer wieder mal: „Ich hasse! Weil ich leben muss!" - Es handelt sich dabei lediglich um eine Annahme, die zu beweisen überhaupt nicht möglich ist, selbst wenn viele ernsthafte Bemühungen unternommen werden sollten.

2. Einfach vorhanden

Es ist so, dass der Hass im Menschen - vielleicht nicht in jedem - einfach vorhanden und sehr gegenwärtig ist. Auch und gerade dieses harte, tiefe und weitreichende Gefühl treibt Menschen immer wieder weiter, vielleicht sogar zu Großem. Was es auch konkret sein mag. Nutzt das der Gesellschaft?

3. Wert und Wertlosigkeit

Der Wert des Menschen ist etwas - in des Menschen An sich-Sein und Für-sich-Sein - über das viel nachgedacht wird. Dieser Wert bezieht sich stets auf das Individuum, welches als einzigartig zu gelten hat. Wertvoll. Erhaltenswert. Liebenswert. Es geht um Menschenwürde!

Der Hass auf die Menschen und ihre Welt zerstört diesen Wert des Menschen! Dies geschieht nach und nach, oft unmerklich. Darüber kann nicht Buch geführt werden. Die Wissenschaft greift manches auf, weiß aber keine letztgültigen Ergebnisse zu liefern. Manche Politiker treiben den Hass vorwärts!

Ein völlig *anderer* Wert ist der des einzelnen Dings und natürlich aller Dinge, die es gibt (im Bereich des individuell Wahrnehmbaren). Mit Dingen lässt sich praktisch viel anfangen und viel bewirken.

4. Selbstverneinung

Denken! Hassen! Wir tun dies; leider. Die Selbstzerstörung des Menschseins ist auf inneren, verschlungenen Wegen der negativen Gefühlswelt eines jeden längst in Gang gesetzt.

Ich denke, dass ich lebe, aber vielleicht denke ich dies nur, lebe aber gar nicht. Es liegt im Bereich des Möglichen. Das bewusste Denken schafft sich immer individuelle Gedanken- und Gefühlswelten.

Indem ich gedacht habe, gar nicht zu leben, habe ich eine Selbstverneinung durchgeführt. Sie ist nur auf den Hass auf mich selbst zurückzuführen.

5. Einander fremd sein

Sie begegnen einander, kennen sich nicht.

Die Fremdheit verschüttet die positiven Emotionen.

Abstoßung findet statt, krasse Abstoßung. „Was ich nicht kenne, lehne ich ab! Es stört!"

Dann kann sich sogar Hass auf die Fremden entwickeln! Daraus entstehen zwangsläufig Probleme ...

6. Hass, überall

Schlechte Zeit: Überall wird das Hassgefühl wahrgenommen; es könnte in jedermann sein. Mauern werden zwischen Menschen errichtet.

Böse Menschen: Sie kann man als die wahrnehmen, die die anderen anfeinden, angreifen. Sind sie vom Hass Angetriebene, Beherrschte?

Wagnis Leben: Niemand ist sicher, könnte je sicher sein. Der Terror des Menschen gegen den Menschen blockiert oftmals die Vernunft, die gedeihliches Miteinander ermöglicht.

7. Keine Verbindung

In ihr. Außerhalb von ihr. - Für sie. Gegen sie.

Jedweder Gegensatz ermöglicht Emotionen der Unsicherheit und sogar Verlorenheit. Wo infolgedessen keine emotionale oder/und gedankliche Verbindung existiert, entsteht notwendig das, was auch und im Besonderen Angstgefühle und Hass erzeugt! Gegen andere Menschen!

8. Erinnerungen

Ich erinnere mich an die Menschen und die Dinge der Vergangenheit, - dieser eigenen Lebenshistorie, die verschüttet geglaubt war. Jetzt tritt alles wieder zutage. Es bedroht mein Leben. Ich hasse das, was hinter mir liegt … abgrundtief. In den Abgründen soll gefälligst alles bleiben!

9. Ganz unten

Ganz unten, unten bleibend. Zukunftslos. Ohne Würde. Ohne vieles, fast ohne alles … um nicht zu sagen nichts … ! Ohne, ohne, ohne. Außen vor, nirgends zu Hause - in den Seilen liegend! Wird hin- und her geschüttelt und bald zertreten. Sie wird das Leben, ihr Leben nie genießen können; lebt davon, Lumpen zu sammeln, Bierflaschen aus den Abfalleimern zu picken und den Herren einen vorzutanzen. Aber keiner liest die Zeichen, die sie gibt. Hass ist in ihr aufgepeitscht. Sie wird sie alle zerstören - - - !

10. Liebe wecken

Der Hass ist übrigens auch gut, er zeigt manchmal sogar auf, wie viel Mühe nötig ist, um die Liebe zu wecken und zu etablieren. Sie ist nicht einfach gegeben. Jeder, der hasst, weiß nicht mehr, dass er auch lieben könnte. Die ihn kritisch wahrnehmen, den Hasser, wissen genau um die Liebe. Vielleicht kämpfen sie für sie.

11. Blockiert

10 Gebote. 12 Apostel. Dazwischen steht die 11. Es ist aber nicht die Zeit für das närrische Treiben, das fröhliche, nette Miteinander überhaupt. Ich bin blockiert, du auch! Denn die Gefühlstiefe des Hasses versperrt Toleranz und Empathie für die Anderen.

12. Kein Glück

Es ist manchmal kein Glück, ein Mensch zu sein: Unzufriedenheit und Frustration fressen sich hinein, wenn nichts so ist, wie es sein sollte. Große Enttäuschung ---

Einst wurde es schön gedacht - Fantasie wirkte positiv. Dann kam die Konfrontation mit der Realität, die die individuellen Möglichkeiten zahlenmäßig schrumpfen ließ. Zuweilen schossen Gefühle hoch, welche an „Endzeitstimmung" erinnerten.

Feindbilder bildeten sich und setzten sich im Kopf fest. Wut richtete sich gegen bestimmte, als Feinde wahrgenommene

Menschen. Wut wird schnell zu Gewalt, sofern nichts dagegen-steht. Selbstkontrolle ist dann vielleicht nur ein Wort.

Es gilt, zu deeskalieren, sobald es Opfer geben könnte. Jedwe-des Opfertum ist zu vermeiden.

13. Zwangsjacke

Der einmal machtvoll aufgekommene Hass dominiert die Ge-fühlswelt völlig - ist wie eine innere Zwangsjacke, die man nicht ohne Hilfe loswerden kann. Die Menschlichkeit - also andere wie sich selbst anzusehen, mit Verständnis - schwindet. Und unter dem Druck des ständigen Hassen-Müssens gibt es bald nur noch eine aufs Minimum geschrumpfte Vernunft.

14. Unmensch

Gnaden- und rücksichtslos im Vorgehen, wird der Mensch zu einem Unmenschen, dem weder zu trauen ist noch irgendein freundlicher Charakterzug zugemessen werden kann. Es gibt nur noch Hass, der sich täglich immer und überall zerstörerisch auswirkt. Die gesellschaftlichen und gesetzlichen Normen wer-den schließlich nicht mehr eingehalten! Moral und Mitgefühl fehlen dann weitgehend.

15. Die Herrschaft des Hasses

Der Griff zur Waffe, um Gewalt auszuüben, ist ein Leichtes, wenn über die Menschen der Hass die Herrschaft übernommen hat! Sie lassen sich kaum noch von Vernunftgründen beeinflussen. Am besten ist ja, wenn der Hass von der Vernunft gebändigt wird, wofür aber die erforderlichen Persönlichkeiten auftreten müssen. Sie zu finden ist eine der Aufgaben der Politik ...

16. O. T.

Die Zahl ist es nicht, die siegt. Das Wort auch nicht! Angesichts innerer Leere können bloß Gefühle siegen, die alles, aber auch wirklich alles mitreißen, was es vorhanden ist. Die intelligenten Gedanken werden skrupellos geschlachtet. Toleranz, Mitmenschlichkeit und Güte werden zu bedeutungslosen, lächerlichen Randerscheinungen.

Welle um Welle des großen, negativen Gefühls brandet gegen denjenigen auf, der noch auf dem Boden der Tatsachen steht und Widerstand zu leisten vermag.

17 Erkennender

Über den Dächern - Wolkengebirge bewegen sich dem entgegen, der sie besteigen möchte. Er ist ein Erkennender. Die Zeit ist aber nicht auf seiner Seite, sie rast nämlich. Dabei braucht er eben sehr viel Zeit, um diese Gebirge erfolgreich besteigen zu können.

Gedanken zu

Fragen des

Raums

ANDERER mit dabei - Nackt, allein im Zimmer. Der Nachdenkliche wird erkennen, dass ein Anderer auch ins Zimmer gehört.

BEVÖLKERUNG mit RAUM - Ein Volk mit Raum!

Von ihm, diesem Raum, haben wir ja als Volk genug, denn wir sorgen dafür, dass alles, was uns hier und heute gegeben ist, effizient verwertet wird. Diese Verwertung geht in die Tiefe, in die Details; umfasst sehr viel im alltäglichen Leben.

Wir leben mit dieser Effizienz, auch ihren nachteiligen Auswirkungen auf die Psyche des Einzelnen. Er ist nicht immer glücklich mit seiner Arbeit und allem Tun, was an der Effizienz orientiert ist. Das „Volk mit Raum" hat, was es braucht, um sich wirtschaftlich zu entwickeln. Der Raum ist so wichtig wie das Volk.

Der Staat hat über die gesetzlichen Grundlagen die Verfügungsgewalt und die Verteilungsmacht über den gesamten Raum! Seine Vertreter wissen dies zu nutzen. Immer wieder geht es auch um Ausdehnung nach innen und außen.

BRAUCHTEN - Jahrtausende sind vergangen. Immer brauchten Menschen Räume, um Obdach und Schutz zu haben.

Das FAHRRAD reicht - Moderne Vehikel bieten Menschen viel Raum, ja auch Luxus. Dabei reicht auch das Fahrrad!

Das GELD - Kleinere oder größere Taschen ... also kleine, dunkle Räum, bergen so manches. Endlose Geldströme ergießen sich manchmal aus ihnen – kaum zu fassen! Ich verprasse alles Geld schnellstens.

Ich liebe das sehr. Es ermöglicht freies, intelligentes Handeln zu meinem materiellen Vorteil, doch auch zugunsten meiner charakterlichen Entwicklung! Von daher kann es für mich immer weitergehen. Letzten Endes kann das zur inneren Erfüllung führen - zur Erzeugung einer extrem angenehmen Räumlichkeit, die zwar imaginär ist, aber trotzdem real.

Liebe mich sehr!

Das HEIM - Meine Wohnung ist für mich das schützende Heim, in dem ich gerne bin. Ja, gerne - und dauernd! Das Sicherheitsgefühl wird durch dieses Heim und die vertrauten Menschen, die in ihm leben, erzeugt. Hier kann man sich offen verständigen und in Ruhe wirtschaften. Die Fremdheit des Draußen schreckt uns ziemlich ab. Fragen: Draußen herrscht Unordnung? Draußen wird gekämpft, zersetzt, aufgelöst ...!? Es sieht so aus. Schon deshalb sind wir lieber in unserem „trauten Heim"!

Der BEDARF ... er ist zum Raum geworden, weil es Menschen gibt. Ohne sie gäbe es gar keine Nachfrage danach, irgendeinen Raum zu schaffen. Sie organisieren sich alles das, was sie brauchen. Darin sind viele von ihnen sehr gut.

Der HIMMEL - Mit dem Campingmobil durch Kanada! Ein Wunschtraum ist wahr geworden. Ich grüße Euch aus dem Himmel!

Der RAUM braucht ZEIT - Sobald wir uns im Raum bewegen, werden wir uns bewusst, wer und was wir sind: Lebendige Wesen, die schon eine Geschichte haben und eine Zukunft vor sich. Zeit braucht nämlich Raum. Und Raum braucht auch Zeit! - Aber die Physik sagt, dass alle Dimensionen *gleichzeitig* existieren ...

Der RUHERAUM - Die Anderen lassen mich nicht mehr in Ruhe! Sie fordern von mir zu viel! Deshalb brauche ich einen Raum, in dem ich zur Ruhe kommen kann.

Die BESCHIRMUNG - Oben, unten und an den Seiten beschirmen mich Mauern und Beton! Nur in einem Raum ist es möglich, dass ich wirklich allein bin.

Die BOMBEN - Das Bewusstsein des Menschen ist ein Raum, in welchem gedacht und fantasiert wird. In ihm platzen auch Bomben ... !

Die ENGE - So eng ist es hier: in der Box, im Büro, im Klassenzimmer ... wo viele Personen sind, ist eben wenig Raum für den Einzelnen. Es ist nicht möglich, für sich mehr Raum zu schaffen, indem rabiat vorgegangen wird! Kein Gewaltausbruch könnte dabei helfen!

Es gilt, sich mit Wenigem zufriedenzugeben. Vielleicht hilft eine prall gefüllte Geldbörse, aus dem Wenigen viel mehr zu machen.

Die GESCHICHTE - Eine Geschichte zu erzählen ist deshalb möglich, weil der Erzähler in einem Raum ist, in dem erzählt wird von Dingen und Menschen, die sich in Räumen aufhielten.

Die MACHT des NICHTS - Der Rohbau ist gerade zum Teil eingestürzt. Mit einem „Macht ja nichts!" wurde dies kommentiert. Die Bauherren liegen begraben unter Steinen.

Die NORM der WOHNUNG – Wer sich in Wohnungen aufhält weiß genau, wie wichtig sie sind, gewähren sie doch vor allem Schutz vor negativen Einflüssen, wie zum Beispiel nachbarschaftlichem Agieren, - aber auch vor diversen Wetterkapriolen.

Die Wohnung ist die Norm bei uns. Anderswo auf der Welt ist die Wohnung - jedenfalls die behagliche und sichere - eher ein Luxus, auf den Menschen nur hoffen können. Sie leben oft schlecht behaust. Mehr oder weniger heimgesucht von den Wetterextremen der Nässe und Kälte, des Frosts und der Hitze und … bedroht von der Umwelt, die eben für jedes Lebewesen den Kampf ums Überleben bedeutet.

Die PANIK - Ob in Zug oder Aufzug, von nichts anderem wird jemand schneller gezogen. Aber sehr schnell kommt wegen der Wände ringsum auch Panik auf - !

Die RÄUMLICHKEIT gibt es - Wo wir sind, sind wir auch nicht, - vielleicht. Aber das, was wir sehen, hören, ja mit allen Sinnen wahrnehmen, beweist uns Räumlichkeit.

Die soziale NÄHE - Früher war es vielleicht besser, viele hatten kein eigenes Zimmer, und so waren sie einander näher. Es wurde mehr und intensiver kommuniziert.

Aber sicher sorgte die fehlende Privatsphäre dafür, dass es mehr soziale Konflikte gab. Die zu lösen verschlang Zeit! Gemeinschaften lösten sich auf, weil der Einzelne zu wenig Raum für sich selbst besaß - !

Ein politischer RAUM - Im Parlament werden politische Probleme aufgegriffen und es wird über sie debattiert; manchmal werden sie durch Entscheidungen auch gelöst.

Ein ZUSAMMENHANG des SELBST mit ANDEREM - Wohne behaglich ... in meinem Selbst mit allen Gedanken und Gefühlen – auf der Straße unter allen anderen Menschen. Ihnen dürfte es genauso gehen. Oder aber sie fühlen sich unbehaglich, wollen ihrem Selbst entfliehen. Oder wollen sie es loswerden? Das kann sein.

Allgemein scheint sich ein Unbehagen an dem Leben in der Gegenwartsgesellschaft auszubreiten, was aber nur eine subjektive Wahrnehmung ist - meine! Niemand berichtet so schnell von einem solchen Unbehagen, obwohl es durchaus, im Einzelfall, zu einem Leiden an dem geworden sein kann, was tatsächlich ist. Das *Ist* des Ringsherum und Tiefdrin ist für diejenigen, die sich wohlfühlen, nur sehr schwer erkennbar, zu sehen, zu spüren.

Im PANIKRAUM - Die Eindringlinge sind schon im Haus. Die Alarmanlage hat sie uns gemeldet. Jetzt kann es nur noch eines geben: Sofort in den Panikraum flüchten, in dem die Vollausstattung mit Hightech, Kleidung und Nahrungsmitteln uns wirklich vor Übergriffen gegen unsere Person schützen kann! In ihm sind wir sicher, - für Tage und Wochen bestens versorgt. Niemand kann in ihn, wenn wir von innen alles abgeschlossen haben! Aber wir können über Kameras im ganzen Haus das Geschehen beobachten. … klar, die Polizei ist durch unser Sicherheitssystem längst informiert worden.

IN MIR - Sitze in mir, in meinem eigenen Raum. Es gibt hier keinen Ausweg! Mein Selbst ist dieser Raum!

INNEN, AUßEN – Gibt es ein Innen, so auch ein Außen. Das setzt den Raum voraus, in dem wir uns aufhalten.

Ihn füllen wir mit unserem körperhaften Sein, unserem geisthaften Werden - und umgekehrt. Als Menschen brauchen wir den

Raum, denn er ermöglicht die Orientierung durch die Wahrnehmung der Dinge und Lebewesen!

RAUM in mir - Sitze hier, über mich gebeugt ... denke, reflektiere - überschaue meines, das Meine, also all die inneren Dinge, die nur Vorstellungen sind von dem, was Dinge wirklich sind. Indem ich so das Denken bemühe, gezielt nachdenke und mir dessen voll bewusst bin, habe ich Bewusstsein auch über meine einzelnen Gedanken, ihre Wege, gewonnen. Die Gefühlswelt ist undenkbar ohne die Gedankenwelt, die das bewusste Einzelne, Besondere und das Allgemeine spiegelt.

Schönere VERGANGENHEIT- Vorhin hat Sabine an ihr altes Kinderzimmer unterm Dach gedacht, wo sie sich wohlfühlte. Heute hat ihre kleine Tochter kein eigenes Zimmer ...

UMGEBUNG - Es gibt einen mehr oder weniger großen Raum, in dem wir uns niederlassen, jedenfalls aufhalten können. Jeder Raum wird von Mauern oder Wänden gegen die Umgebung abgegrenzt.

Diese Umgebung ist materiell und dinglich, aber besteht eben auch aus Menschen - aus dem sozialen Umfeld. Es drängt, will uns nehmen, was wir haben; ist gefährlich! Die Abgrenzung hat eine wichtige Sicherungsfunktion.

Wir SPHÄRISCHEN WESEN? - Auch was sich irgendwo ab-
spielt, hat einen Raum. Irgendwo! Es gibt immer einen Raum,
denn ohne Raum ist keine Begegnung der Körper möglich.
Raum ist mittels der Umhegung und der Begrenzung, wodurch
ein Innen erzeugt wird, welches dann von einem Außen umgeben ist.

Das gilt auch für den Zeitpunkt, wenn wir sphärische Wesen
sein sollten … !

Gedanken zu
Fragen der Zeit

Das ABSTELLGLEIS – Wer gealtert ist, jedenfalls so wirkt, wird besonders beruflich schnell an die Seite geschoben, weil er angeblich nicht mehr den Anforderungen genüge. Das ist normal. Die Weisheit des Alters zählt heutzutage so gut wie nichts mehr.

Das DIKTAT der UHRZEIT - Der Arbeitszeitbeginn und das Arbeitszeitende werden von der Geschäftsleitung festgelegt. Der, der sie nicht einhält, bekommt sofort Probleme. Das Diktat der Uhrzeit herrscht über den gesamten Berufsalltag.

Das KOMMEN - Er kommt jetzt! Oder kommt er doch noch nicht? Die Zeit kommt mir quälend lang vor. Ich komme mit mir selbst überein, dass ich das Noch-nicht-Kommen einfach akzeptiere.

Das THEMA RÜCKKEHR - Es wird zurückgeblickt und noch einmal alles durchlebt - Höhen und Tiefen, Verwicklungen und Erfolge! Das eigene Leben, aber auch die Leben der Ahnen. Doch nichts ermöglicht die Rückkehr von Menschen ins Leben, nachdem der Tod eingetreten ist. Oder?

Das UNWESENTLICHE - Es ist überall, nicht zu übersehen, - doch nicht jeder ist fähig, es zu sehen und zu erkennen. Deswegen muss Zeit investiert werden für Schulungen des Sehens und Erkennens. Letztlich wird Zeit gespart!!

Das WESENTLICHE - Die Konzentration auf das Wesentliche gelingt, wenn vieles andere, all das als unwesentlich Erkannte, ausgeschlossen worden ist. Letztlich wird Zeit gespart!

Das ZEITRAUSCHEN - Fast unerkennbar schnell rauschen Objekte durch alle Räume, halten selten an, und wenn, dann nur ganz kurz; sie machen so auf sich aufmerksam, sind jedoch unwichtig! Oder?

Der ECKSTEHER-REKORD - Ich stelle mich an die Hausecke und bleibe dort stehen. Vorgenommen habe ich mir, so lange wie möglich dort stehen zu bleiben. Ziel ist es, den Ecksteher-Rekord zu brechen.

Der EINDRUCK - Der erste Eindruck täuscht manchmal nicht: Die Erkenntnis kommt! Jedoch muss sie später oft korrigiert werden, was nicht als schlimm empfunden werden sollte.

Der GENERATIONENKONFLIKT - Die Jugend behauptet, sie brauche die Zukunft dringend, um selber verantwortlich gestalten zu können. Hingegen die Älteren verneinen dies vehement, sofern sie auf dem Standpunkt stehen, dass die Zukunft ihnen immer noch allein gehöre.

Der LEBENSBEGINN/Das LEBENSENDE - Vom Lebensbeginn an werden wir dazu angehalten, zu tun, was angeblich erforderlich sei, um in den Rahmen zu passen – den, der von der Ordnung vorgegeben ist. Vielleicht gelingt es uns aber niemals wirklich, perfekt in diesen Rahmen zu passen. Denn allzu schnell werden wir das Lebensende erreichen –

Die ABNUTZUNG - Eines der höchsten Güter im Leben: Die Liebe? Es könnte sein, aber sie ist auf jeden Fall nur ein Gefühl auf Zeit, denn alles nutzt sich ab.

Dann trennen sie sich.

Hören nicht mehr voneinander.

Vergessen alles, was gewesen ist!

Die ANDEREN - Alles ist knapp. Besonders die Zeit. Sie liegt einem am Herzen, aber dies ist gespalten. Und wenn andere darum bitten, dass ich ihnen meine Zeit schenke, muss ich fast platzen vor Gelächter: DAS GEHT NICHT! Ich habe keine Zeit, jedenfalls nicht DAFÜR. Brauche ich speziell dies? Nein! Habe ich besondere Vorteile dadurch? Nein! Muss ich einem Menschen eine Gefälligkeit erweisen? Nein! Kurzum, mir können die Anliegen des Anderen, der Anderen mehr oder weniger gleich sein, so lange ich meine eigene verfügbare Zeit habe, mit ihr sorgfältig haushalte und immer auf cool mache …

Die ARBEIT, die ZEIT - Arbeiten, Arbeiten, Arbeiten. Bleibt noch für anderes Zeit übrig?

Wenn nur nicht gearbeitet werden müsste …, es gäbe so viel davon - von der Zeit, die ein Einzelner die seine nennen kann! Die Arbeit frisst sie förmlich auf, was daran liegt, dass Arbeit als volkswirtschaftlich notwendig erachtet wird. Der Einzelne kann dies nicht immer einsehen! Er möchte lieber freie Zeit für sich haben, um sie nach Belieben zu verbringen; ohne unter Erwerbs- und Leistungsdruck zu stehen. Die Menschen gönnen ihren Mitmenschen das oft nicht einmal!

Die GEDULD - Wer viel Geduld aufbringt, kann darauf hoffen, dass mit der Zeit auch alles gut wird: mit der richtigen Idee, dem richtigen Rat und der richtigen Entscheidung.

Die innere Ruhe ist deshalb ganz wichtig.

Es ist so, dass von gleichgesinnten Mitmenschen Hilfe kommt!

Die Schatten seiner Existenz werden dann weit hinter ihm liegen.

Die JAGD - Feuersbrunst des Wissen-Müssens hinter uns, wir werden gejagt von Erkenntnis zu Erkenntnis, von Kenntnis zu Kenntnis. Die Wissenschaft meint, es sei notwendig! Wissenschaftliches Denken wurde uns gelehrt.

Dieses Wissen-Müssen ist schön, aber auch schrecklich. Vor uns der Horizont der Zukunft, welcher von uns jetzt erfolglos durchbrochen wird. Oder haben wir etwa Erfolge?

Die KOMMUNIKATION - Kommunikation ist heute mit der Technik schneller als jemals zuvor. Sie ist aber wenig substanziell, und so werden auch und gerade viele Belanglosigkeiten zwischen Menschen ausgetauscht. Dies kann man sich sparen!

Die KREATIVITÄT - Ich arbeite. Aber ich arbeite für die Literatur. So ver(sch)wende ich meine Zeit kreativ. Es geht ein Leben lang so! Natürlich liebe ich dies, möchte übrigens, dass die ganze Welt der Menschen genauso ist wie ich!

Die LANGE BANK - Man soll ja nichts auf die lange Bank schieben ..., doch wenn die Zeit nicht drängt, schiebt man manches lieber auf die Bank, die endlos lang ist ...

Die LANGSAMKEIT und die BEOBACHTUNGEN - Erst geht alles sichtlich langsam vor sich. Menschen können einen genau beobachten, kommentieren hin und wieder das Beobachtete. Sie halten still. Plötzlich kommt es zur großen Beschleunigung, und die Beobachter meinen sofort, dass sie unbedingt eingreifen müssen ... -

Die LIEFERUNG - Warenlieferungen werden (immer noch) vorgenommen, aber auf Lager sind die Waren jetzt eher kurz oder sogar gar nicht. Oft wird bestellt, dann erst hergestellt und sofort geliefert.

Die ORDNUNG im KOPF - Termine kann man „machen". Diese einzuhalten wird von vielen Menschen als Pflicht angesehen. Das ist schade, weil Termine die Menschen stärker in das einbinden, was „Ordnung im Kopf" genannt werden könnte.

Die POSITIVE VERÄNDERUNG - Zeit ausnutzen zum Geldverdienen ... Aber bald wird unökonomisch gedacht: Zeit bringt dann positive Veränderung - !

Der Ökonomie wird der Rücken zugekehrt. Der Weg zurück zum Menschsein wird gegangen. Alles, was einen zum verschwenderischen Konsum verführen könnte, wird links liegen gelassen. Einmal wird das Menschsein erreicht werden, bestimmt!

Die PROBLEMPROJEKTE - Problematische Projekte erfordern mehr Zeit für die Durchführung. Viele Gründe könnte es dafür geben. Das ist jedenfalls oft mit zusätzlichen Kosten verbunden. Leider. Jedoch könnten die Endergebnisse besser ausfallen als erwartet.

Die SENIORINNEN - SeniorInnen leben auch in Residenzen, Zentren und Heimen. Dort werden sie gepflegt und betreut. Bis zu ihrem Tod. Über diesen hinaus findet nichts mehr statt!

Die SOZIALISIERUNG - Schon dem Kind wird der Umgang mit Zeitmessern beigebracht. In die Einhaltung von Uhrzeiten wird das Kind sozialisiert. Die Armbanduhr begleitet die meisten Menschen durchs Leben!

Man denkt oft gar nicht mehr an der Uhrzeit vorbei.

Es wird gelebt nach der Uhr - wer dem einmal doch ausgewichen ist, der muss praktische Nachteile ertragen.

Die TECHNIKVISION und deren REALISIERUNG - Auch außerirdische Sphären locken mit schier unglaublichen Möglichkeiten, die sich fantasiebegabte Wissenschaftsinteressierte vorstellen können. Die Science-Fiction lebt von Technikvisionen, die immer auch real werden können.

Die TERMINLEGUNGEN - Gäbe es Terminlegungen nicht, dann würde so einiges durcheinanderlaufen – jegliches verbindliche Organisieren würde ans Unmögliche grenzen. Kaufmännisches und Technisches und … gäbe es kaum.

Die ÜBERLISTUNG - Ich überliste die Uhrzeit, indem ich sie ignoriere. So gehe ich durch mein Leben – und: Wer sie mir aufdrängen will, verliert meine Anerkennung. Jetzt lebe ich als Waldschrat.

Die VERFOLGUNG - Kommt jetzt einer, der besser ist als ich? Könnte sein. Ich muss mich beeilen, damit ich die Ziele in der bestmöglichen Zeit erreiche. Ich muss der Erste werden!

Die VERKNAPPUNG - In Kindheit und Jugend wird Zeit als langsam voranschreitend erfahren. Man hat von ihr genug, denn das ganze Leben steht vor einem. Später ist es so, dass bedauert wird, wie alt man schon geworden ist. Zeit wird als ein sehr knappes Gut empfunden, mit dem sehr sorgsam umgegangen werden muss.

„Dann denke ich immer wieder an mein Ende, obwohl es noch viele Jahre dauern dürfte, bis es wirklich kommt!"

Die WARTEZEIT – Die Worte, die sie hören will, kommen einfach nicht. Vielleicht wird sie noch ganz lang warten müssen!? Ihr Geliebter wird sie wohl bis kurz vor seinem Tod aufsparen …

Die WISSENSCHAFT in der ZEIT - Jahrtausende lang zu leicht Erklärtes, welches eigentlich unerklärbar war, wird seit Jahrzehnten durch Wissenschaftler kompetent erforscht und profund erklärt! Sie sind überwiegend Beamte des Staates, vertreten seine Ziele und Interessen.

Insofern kann alles besser werden! Aber auch schlechter! Denn es gibt keinen Grund, an die Legitimität dieser Wissenschaftler zu glauben.

Die ZEIT ANHALTEN - Wer die Zeit in ihrem Ablauf wirklich –
ohne Messung - beobachten könnte, würde sich glücklich
schätzen. Sie wäre dann vielleicht sogar zu fassen und auch
anzuhalten.

Die ZEITFRAGEN - Eher träge Zeitgenossen möchten, dass
alles viel langsamer durchgeführt wird, denn dann können sie
vielleicht noch bei vielem mithalten. Sie fordern „Entschleuni-
gung"! Aber die Mehrheit der Menschen fordert, dass alles
schneller wird! Sie müssen schnellstmöglich ihre Ziele erreichen.

Unglaublich ist, dass so viele Menschen Ziele erreichen müssen!

Die ZEITSCHIENE - Je älter jemand wird, desto bewusster wird
er sich der Vergänglichkeit, die einfach gegeben ist, - ob darüber kritisch nachgedacht wird oder nicht. Die Zeit schreitet
immer weiter vorwärts.

Eine ALTERSERSCHEINUNG - Auf die Uhr zu blicken, um informiert zu sein – darauf kann ab heute verzichtet werden! Zumal ich sie nicht mehr gut lesen kann. Das Alter setzt mir mächtig zu. Aber die Zeit ist mir egal geworden - !

Ein GETRIEBENER - Ich komme mir getrieben vor – von was, von wem? Das geht so in der Nacht wie am Tag. Ich verfalle darüber ins Grübeln.

Frühling. Die Fenster des Zimmers stehen weit offen. Das Gezwitscher der Vögel beruhigt mich. Ich starre hinaus. Jede Nacht endet. Aber diese eben nicht!

Die Zeit zu messen erübrigt sich angesichts der Situation.

Ein JEDERMANN kann JEDERZEIT - Ungefähr zwanzig Jahre könnte ich noch leben, stelle ich mir vor. Dies ist meine subjektive Einschätzung, die sich an der Durchschnittslebenserwartung orientiert, welche allgemein bekannt ist. Natürlich könnte der Tod jederzeit kommen: Ich sehe mich schon sterbend im Sessel sitzen.

Eine TÄUSCHUNG? - Gibt es die Alterung eines Lebewesens überhaupt? Es könnte eine Täuschung der Wahrnehmung sein, der alle Menschen unterliegen.

Alle Menschen bestehen nur aus dem, was den Mitmenschen vor Augen erscheint und wahrgenommen wird. Diese „Haut" lässt sich immer leicht wechseln. Der Alterungsprozess ist insofern gegeben, als er vom Individuum ausgewählt worden ist als das, was gezeigt wird - ! (?)

Eine UNHEIMLICHE RASANZ - Rasant immer weiter durch
 - hier, jetzt und für immer ein Zuschauer des eigenen Lebens,

so als würde man alles nur von außen miterleben - ! Dann gibt es einen Knall und man ist futsch.

Ein WECHSEL VON HIER NACH DORT - Hier, an diesem Ort, aber dann auch dort, an jenem Ort – binnen weniger Sekunden ist der Standortwechsel erfolgt. Ist das nur eine Zukunftsvision oder Realität? Es kommt darauf an, ob binnen Sekunden nur Schritte gemacht oder Kontinente als Aufenthaltsort gewechselt werden.

FREUNDSCHAFTEN auf ZEIT - Freunde kommen und gehen. Es gibt immer wieder jemanden, dem man vertrauen kann. Die Enttäuschung folgt aber vielleicht auch recht bald.

Das kann kaum gesteuert werden.

Den Freundschaftsgefühlen und der Meinungsbildung ist man ausgeliefert.

Vielleicht kann eine Freundschaft niemals „ewig währen".

GEDANKE zum ALTERUNGSPROZESS - Den Alterungsprozess des Menschen stoppen zu können, könnte sehr faszinieren! Mancher würde davon Gebrauch machen. Doch was wäre, wenn dies alle täten …!? – Tod aller menschlichen Gesellschaften.

Mit der ZEIT der TOD - Mit dem Fortschreiten der Zeit tritt für jedes Lebewesen der Tod ein. Dass er auch jeden Menschen ereilt, ist keine Frage. Die Frage ist höchstens, ob er jeden Menschen von Qualen verschont oder nicht.

TODESFREIHEIT - Aus quälenden Tiefen depressiver Gefühlswelt ist ein Entkommen sehr schwierig. Oft wird nur an Oberflächen gekratzt. Die Ausgänge scheinen alle versperrt zu sein! Der Tod ... der Tod ... ist die Freiheit!? Wir warten noch ab. Er könnte zumindest ein möglicher Ausweg zur Rettung sein! Dies ist wahr.

WIDERSTANDSWILLE - Angetrieben von Mächten, die herrschen wollen und Menschen, die alles besser wissen wollen, obwohl sie kaum etwas wissen - - - niedergedrückt vom geringen Selbstwertgefühl ist dieser Zeitgenosse --- . Dann schießt in ihm der Wille zum Widerstand empor!

Zum ZEITDRUCK - Sich nicht unter Druck setzen zu lassen aus irgendwelchen beruflichen Gründen ist eines der Ziele, die zu erreichen wünschenswert wäre.

Am schönsten ist es ja, das Leben ohne jeglichen Zeitdruck zu genießen!

U N D

das IDEAL wäre kein Leben mehr ohne die messbare Zeit?! Oh nein! Zumindest könnte ein Leben ohne Zeitmessungen, die die

Zivilisation den Menschen aufzwingt, ein real erreichbares Zukunftsideal sein.

Wir könnten wieder leben, ruhig leben. Jeder Mensch auf seiner eigenen Insel ohne Zeit, die gemessen werden muss. Die Arbeit würde ohne Druck und ohne Stress sicher gelingen.

Tyrannis der Zeitmessung!

Auf jeden Fall muss darüber gestaunt werden. So ein „Kontinentwechsel" gelingt nämlich nur einer Hochtechnologie.

Zu den Niederungen des Alltagslebens

Abends im Urlauberhotel

Abendruhe. Pustekuchen! Im Hotelrestaurant unten ist viel los. Der Swimmingpool im gleichen Haus ist von coolen, nackten Mitmenschen umsäumt. Nikoläuse werden hin- und her geworfen. Irgendein Christkind jault auf. Von dem billigen Amüsement halte ich aber nichts. Innere Ruhe wird gesucht. Dazu kommt einer hierher. Ich. Die Enttäuschung ist möglich - friedlich fliegt ein Vogel verdächtig langsam. Ihn mit einem Blick erfasst zu haben, ja, das ist Grund zur Freude! „Anmut!" spreche ich. Drüben tummeln sich zwischen Bergspitzen weiße Segelflugzeuge. „Gefährlich!" stoße ich aus. Und ... übrigens: TV brauche ich nicht. In meinem kleinen Hotelzimmer kann sich ein Mensch wohlfühlen, wenn er sich bemüht.

Bald gedanklich verloren im Gestern, wird Erinnerung für Erinnerung hochgeholt. Ich saufe aus dem Wassereimer, der neben der Küchenzeile steht. Mir schmeckt es jedenfalls ... meine Güte, es wird schon ein guter Urlaub werden! Dem Leben als einem Zirkus bin ich vorerst entronnen, doch dies dauert nur zwei Wochen. Kurz genug. Neujahr mit seinen polternden Unsinnigkeiten folgt nämlich.

Alters-

Sitzt auf der Couch. Das TV wird an- und aus gemacht. Es gibt ein bisschen zuviel Schmutz am Boden und in den Ritzen des Lederbezugs. Tiefe Gesichtsfurchen sind jeden Morgen zu rasieren! Die Kapseln gegen das häufige Wasserlassen müssen sein. Das Gedächtnis versagt oft. Eine Pflegerin schaut vorbei, arbeitet minutengenau. Der Lebensschlusspunkt steht vor Augen. Wahrhaftig, die Alterung zerfasert den Organismus, der ganze Körper ist nur noch Belastung! Zu leben fällt immer schwerer. Aber die Kindheit und Jugend werden wieder lebendig - - -

So lange die Rente pünktlich eingeht ... Bald geht es nicht weiter, Leben in der finalen Phase!

Arbeiten, he!

Arroganz ist fehl am Platz, hier wird sich angepasst, mitgewirkt! Wer Geld verdienen will, muss das tun, was von der Firma verlangt wird. Die eigene Meinung ist gar nicht gefragt, - egal, was für eine es ist. Bleibe sie einfach weg! Aber der Mitarbeiter soll bitte sehr kommen!

Still - aber doch immer auf Draht! Zügig - dabei auch immer gelassen und konzentriert. Es gilt, den inneren Schweinehund tagtäglich zu überwinden: Pünktlichkeit, Ausdauer und Zuverlässigkeit am Arbeitsplatz! Auf die Befähigung kommt es außerdem an, wird einfach vorausgesetzt.

Wer stellt denn die Mitarbeiter ein? Frau Zepter ist die Personalchefin. Sie lädt die Bewerber ein, führt meistens die Gespräche. Die Jahre der guten und schlechten Erfahrung mit Mitarbeitern haben sie geprägt. Die grauen Haare. Die tiefen Furchen im Gesicht. Das Make-up hilft kaum.

Dr. Neander, ihr Chef, ist ein lockerer Jeanstyp, den einige sogar persönlich mögen, doch dies gilt als völlig nebensächlich. Alles Persönliche gehört in den Pausenraum mit den Snacks und dem Kaffeeautomaten, der manchmal funktioniert. Hauptsache ist, die Mitarbeiter bringen es „auf Arbeit"! Übrigens werden sogar Lohn und Gehalt gezahlt. Pünktlich. Zuverlässig. Nicht immer in der erwarteten Höhe ...

Babe, tschüss

Ihr Gesicht ist so schön. Aus diesem spricht soviel. Es wäre wert, gezeichnet zu werden. Ein Foto würde nicht reichen.

Weiß wohl, dass es sie nur einmal gibt. Oder doch ... einige Male? Nein, gewiss nur ein einziges Mal!

Sie kommt vorbei, geht dann aber auch wieder, ohne mich zu informieren. Das stört sehr. Sie muss sich ändern! Noch viel besser werden!

Aus ihren Erzählungen ist zu schließen gewesen, dass sie viele hatte. Zu viele? Man sollte so etwas nicht bewerten, sondern einfach stehenlassen.

Unruhe ist aufgekommen. Denn die kritische Nachdenklichkeit hat dazu aufgerufen, sie als Mensch in Frage zu stellen. Sie ist schon zu oft gegangen. All diese Erzählungen von ihr ...

Babe, tschüss!

Bande der Familie

Sie erwecken den Eindruck, ewig zu währen, doch ist nur zu klar, dass dem gar nicht sein kann, weil faktisch unmöglich. Gemeint sind die menschlichen Bande der Familie und Verwandtschaft.

Sie sind natürlich gewachsen. Man meint, sich ganz genau zu kennen. „Interna" sind gelassen diskutierbar. Familie ist eben einfach Familie, Verwandtschaft ebenso. Das Blut ist dick, sehr dick. Jedenfalls wird es als extrem bindungsfähig angenommen. Was sich darin ausdrückt, dass man sich am ehesten gegenseitig hilft. Wenngleich Antipathien ganz gern vorkommen. Dann gibt es vielleicht sogar „ewigen Krieg".

Beobachter

Ziehe immer wieder weiter. Geschäfte sind zu erledigen. Es scheint (dann auch, glücklicherweise in der Wahrnehmung des Ganzen) ein Voraus zu sein. Und das macht einen glauben, richtig zu gehen - ja! Auch besonders richtig zu sehen!

Ich bin es nur!

Bisweilen intensiv die sozialen Ränder beobachtend, eben offensichtlich, leicht sichtbar, will jemand Aufmerksamkeit auf sich ziehen. Wodurch Eindruck gemacht werden kann, - sogar schweigend. Es wird nur durch diese Art der Präsenz politisch Stellung bezogen!

Blick nach innen

Wer sein Ich sein Eigen nennt ... lebt wahrhaftig. Blickt in sich hinein und stärkt schon dadurch dieses Ich. Aber gerade dieser Blick könnte letztlich auch enttäuschen: Mängel hier, Schädigungen da. Nichts wirklich Wertvolles.

Wer nimmt einen wahr? Es gibt eben all die Menschen: Ihre Blicke enttäuschen, sie versagen einem Leidenden, Geschädigten, Mangelhaften meist die Anerkennung, spenden höchstens Mitleid - mit einem ironischen Lächeln im Gesicht. Zu leicht wird man als Schwächling gebrandmarkt. Also besser nur nach innen leiden!

Chancen ergriffen

Es hieß einmal, hier sei etwas zu holen. Das Landhaus sah fast aus wie ein kleiner Palast. Das Vorhandensein von Werten sprach sich viel herum. Einige machten sich darüber kritisch Gedanken, dies und das. In der Fantasie taten sich diverse lukrative Möglichkeiten auf! Holen! Holen, aber schnell! Natürlich lag es nahe, dass sich einer von ihnen als Ergreifer von Chancen entwickeln würde: der Macher! Hier Bastian: ein Mann von Schrot und Korn. Ein für seine Entschlossenheit bekannter Herr aus Zeckenstadt. Er trug immer Sakko. Wertvollste Uhren am Band.

Ach, aber viel geschah nicht - zum Glück für die, die im Recht waren. Oder die sich besonders engagiert dafür hielten und dementsprechend in der Öffentlichkeit auftraten. Sie waren dann auf der Gewinnerstraße - Debatten fanden statt, liefen sogar in den Massenmedien. Stars wurden geboren. Loser gefunden und gebrandmarkt. Der ganz große Rechtsstreit blieb allerdings aus. Der kleine Palast verblieb in der Familie.

Die schöne Dame X

Wer kennt sie schon persönlich? Wer möchte sie schnell genauer kennenlernen? Eine Beziehung zu ihr aufbauen? Sie sei wichtig. Und es gebe Persönlichkeiten wie sie, die immer und überall Drähte ziehen. Keine Stacheldrähte -

Sie sei faszinierend. Sie sei eine netzwerkelnde Dame von Welt, die viele kenne, die sie auch kennen.

Dieser - Tage

Dieser - Tage einsam, aber vergnügt. Auch emsig, stets unterwegs. Ich.

Dieser - Tage: Ein Schatten flog mir hinterher! Die Lichter auf dem Gelände des Hafens. Arbeitsgeräusche. Gesichter huschten. Ich stoppte, erblickte das schöne Taschenmesser im Rücken des Opfers, eines ... Ich kannte das Opfer, übrigens auch den Täter!

Ruhig und gelassen stand Tolly Songard, der 25jährige Drehbuchautor, an der Mole, und er rauchte eine Zigarette. Offensichtlich war er gesund. Das Gehirn, wie mir bestens bekannt war, arbeitete zuverlässig gut und schnell. Seine Zeit, die er hier verbrachte, war ihm am wichtigsten von allem - ! Öfter sprach er davon. Dieser spezielle Abend war über ihn einfach hereingebrochen, so dass er das Messer benutzen musste. Er war ein Durchtrainierter. Alle Fasern seines Körpers waren so, dass er sie perfekt zu seinem Vorteil nutzen konnte!

Jetzt genoss er die große Neugier der Hafenarbeiter, die ihm zulächelten. Wahrscheinlich war er das interessanteste Objekt der Neugier seit Jahren. Anscheinend war die Zeit dafür reif gewesen, Rache an den Geistern zu üben, die sich seit langem in Menschengestalt an ihn herantrauten. Sie waren die üblen Schinder und Wächter. Die aus ihm quasi einen KZ-Häftling zu machen versuchten - ein Opfer!

Dümpele

Nichtssagendes zeigt sich, wird klar wahrgenommen, treibt dann aber vor den Augen, die ich, die du, die jedermann geöffnet hat, einfach so weg. Das wird als Problem erkannt. Aber mehr auch nicht - jedenfalls zunächst!

Dieses Dümpeln wird sich als sehr großer Fehler herausstellen.

Vieles ist aus ihm entstanden, vieles weniger Kluge. Dem Zeitgeist verhaftet, droht dies irgendwann (dann doch) den cleveren

Fängen der individuellen Ratio, die es ja nun einmal gibt, zu entweichen.

Wir möchten gern an Gott glauben. *Den* gibt es aber nicht!

Ertrunken

Warte mal, es wird noch werden! Diese Flasche, noch ne andere - bis es sich richtig gut anfühlt: voll, sternhagelvoll, bis zum Rand. Die Stimmung ist steil angestiegen! Die Leute singen! Alles wird noch werden, wirklich! In der Gaststätte tanzt der Bär. Der Wirt beobachtet alles genau. - Dann gläserner Rundumblick, so dass es allen klar wird: Dieser hier ist erstmal weg. Auch seine Freundin hat sich schon verabschiedet von der normalen, gesunden Nüchternheit. Ihre Blicke machen betroffen. Ertrunken im Alkohol! Das Leben.

Es handelt sich um ein Idyll

Neben mir sitzt ein Wesen, Mädchen genannt. Es ist eingeschlafen. Der Balkon ist einer für die zwei, die lieben. Das Mädchen hat bis vor Minuten von schönen, netten Leuten, die es kannte, erzählt. Wir freuten uns sehr. Die Blumenkette vorm Fenster bewegt sich, denn ein Windzug hat sie erfasst. Der Lastwagen voller Kies rumpelt über die Dorfstraße. An die paar Wolken über unserem Dach - ich könnte sie anfassen - kratzt in diesem Moment ein Lichtturm, unter dessen Glaskuppel eine literarische Lesung stattfindet. Der Turm steht nahe dem Balkon, neben dem schlafenden Mädchen. Ich bin amüsiert, habe ... auch Fantasie ...

Feiern heute

Vielleicht feiern wir im Lokal um die Ecke, beim Bier oder Korn, auch erst morgen, übermorgen. Ach, möglicherweise gar nicht! Ist doch letztlich egal, denn es geht sowieso bloß darum, mal kurz vorbeizuschauen, mitzumachen, um dann auch wieder abzudüsen, - schließlich müssen wir nur einmal das Gesicht zeigen. Gehören dazu! Die Leute müssen von uns etwas halten. Dazugehören ist von Wichtigkeit. Sonst landen wir zu früh im Morast der Geringschätzung, Verachtung, Missliebigkeit. Wir wollen doch respektiert werden!

Meinst Du nicht auch, Joe?

Freundschaft

Immer wieder wird dafür die Zeit gefunden, wenn es auch schwieriger geworden ist als früher. Die paar Stunden des Zusammenseins sind noch wichtig. Begegnung mit dem anderen, vertrauen Ich. Das führt zum Austausch von Gefühlen und Gedanken, der ziemlich frei ist; potenziell noch freier werden könnte. Auch diese Beziehung ist in der Entwicklung, was sehr gut ist. Aber hoffentlich entwickelt sie sich nicht in Richtung Aus

und Fertig. Nämlich dazu könnte es auch kommen, - unbere-
chenbar sind solche Beziehungen. Neider und Missgünstige
hauen dazwischen, oft so, dass es kaum auffällt. Gilt das auch
für uns? Ich weiß es nicht.

Glücksmoment des Findens

Allem Anschein nach ist es vergessen worden, doch der Druck
von außen ist so groß, dass es unbedingt zu erinnern ist! Unbedingt! Leistungsstress pur. Die Suche nach dem kleinen, sehr
wichtigen Gedächtnisinhalt ist kurz, aber äußerst intensiv. Kein
Mensch darf jetzt stören. Die totale Konzentration auf das, was
zu heben ist, ist notwendig!

Tatsache ist momentan, dass es durch bildliche und begriffliche
Assoziationen eingekreist worden ist. Das macht Hoffnung, es
sehr bald in bestmöglicher Gestalt zu „greifen" und dann zu
heben! Binnen Sekunden formt es sich stärker aus. Stärker!

Es ist die Leere dessen, was sich in der Erinnerung nicht wirklich zur festen Gestalt ausformen kann.

Horizont

Guck! Der Horizont ist sehr schmal geworden. Niedrig hängt er
dort. Ein Strich.

Blau. Weiß. Die Bäume ragen in ihn hinein. Guck!

Du gehst auf ihn zu, jubelst und schreist. Leben!

Ich

Sicherlich, ich wollte die Möglichkeit bekommen, diese Abend-
stunden geruhsam zu verbringen, ohne dass mich irgendein
Idiot anfährt oder gemein anstinkt. Aber die Gestaltung solcher
Abendstunden ist nicht selten zu schwierig.

Gern hätte ich mich davongestohlen, wäre ins Nirgendhin aus-
gerissen, wo mich keiner finden kann außer ich mich selbst! Es
wäre für mich ganz toll gewesen. Doch leider war ich an diese
Käfigrealität gebunden.

Ihr fröhlicher Urlaub, aber auch rätselhaft

Manchmal sorgten sie sich um ihr täglich Brot. Ihnen war, ehrlich, kaum zu helfen, weil sie zu passiv agierten. Sie sorgten
sich viel zu leicht! Intellektuelle Personen wie sie, akademisch
gebildet und modern denkend, schliefen nicht auf Bürgerstei-
gen, sondern in kleinen Hotels. Und um unauffällig zu bleiben,
taten sie lebenslang, aber auch in diesen Tagen, wenig Welt-
bewegendes! Kleine Hotels waren zu bevorzugen, auch wenn
manchmal Hotelangestellte durch ihre Schleimerei nervten.
Dies nahm man hin, galt es doch als normal. Das kleine Hotel!

Als Akademiker fanden sie sich hier (zumal sie auch die Sprache ein bisschen beherrschten) leicht zurecht, hatten jedenfalls keine großen Schwierigkeiten der Kommunikation oder Organisation. Ihr Hotel war gut ausgestattet: Man musste also auch nicht unbedingt die Logistik im Draußen, einer schrecklichen Hitzeentfaltung, betreiben. So waren sie ziemlich zufrieden. Kein Zweifel, wirklich, als Menschen waren sie recht klug, aber auch schüchtern und viel zu zurückhaltend, zumal übervorsichtig. Dies wies auf ihre besonderen Qualitäten hin. Es sollte, klare Sache, vor Ort ein Abenteuer ablaufen - so eines wie im Roman. Nach Möglichkeit! Deshalb brauchte man etwas Handfestes, Brutales, Schreckenerregendes. Schnell hatte etwas zu geschehen! Negatives, was gedacht worden war, wurde verdrängt. Unheimlich Positives zog auf, der Himmel füllte sich mit lauter freundlichen Zeichen ...

Im Dunkel - im Dunkel seiner Zeit

Tag und Nacht geht er ihr entschlossen voraus, seiner Zeit, setzt die Zeichen. Er schweigt dabei aber vor allem. Sein Gesichtsausdruck weist ihn als denjenigen aus, der die wichtigen Entscheidungen trifft. Das fasziniert die Übriggebliebenen. Sie reichen sich die Hände, sprechen. Sie dürfen in ihren Häusern schlafen. Sie werden noch ein paar Jahre relativ ruhig leben können - in ihrer Heimat, die als ihre eigene gelten wird. Tag und Nacht herrscht ER über sie: Angst und Kästchendenken helfen dabei entscheidend.

In der Situation

Wenn es stockt, dann frag den Hanie, denn der weiß Rat und hilft jedem gern! Das weiß jeder bei uns in der Stadt. Frisch getippt ist halb gelegt, wie Ei. Und jetzt wissen es noch mehr Menschen. Dort drüben hockt er, dieser Hanie, - er wartet auf uns. Nickt uns freundlich zu.

Wir lieben, wollen es! Wir sind die wenigen Entschlossenen! Denn das Lebenswerte (und Liebenswerte!) hat sich wohl verkrümelt. Es gibt unter uns Entschlossenen sich abrackernde „Mühe-Menschen", zumal vergeistigt blickende Intellektuelle. Sie können zunächst einmal auch kaum etwas zum Positiven ändern … !

Hier leben wir, sind untröstlich. Die Mauern sind verdammt hoch, viel zu hoch für uns. Bis jetzt! Hanie sagt uns jedoch: Eine Diktatur braucht ihre Beherrschbaren und Beherrschten, sonst geht sie in Entsagung und ist nicht oder kaum effizient. Die Chance muss eine Chance bekommen - klare Sache! Er ermuntert uns zum entschiedenen Handeln - ! Das finden wir jetzt aber sehr schön!

Die Bevölkerung kann in Masse durchaus zuschlagen, wenn sie organisiert ist. Im Falle einer günstigen Situation sollte sie es eventuell tun. Aber es könnte sein, dass sie verschlafen wird. Es wäre bedauerlich. Die Frage nach dem Warum könnte besonders enttäuschende Antworten zur Folge haben. Wenn einmal die günstige Situation vorüber ist, ist vieles nicht mehr möglich!

Ist es, wie es ist?

Es ist, wie es ist. Sie leben aber immerhin.

... einigem sich entziehend, der Wärme aber auch diversen Käl-
teperioden, die der entkleideten Psyche eines jeden geschuldet
sind, denken sie nach. Denken! Denken! Denken!

Begegnen dieser Welt der Tatsachen! Sie können noch mit den
im wesentlichen ekelhaften Geschichten, die zu einer einzigen
großen, langen Geschichte geworden sind, zurechtkommen!
Was tägliche, sehr wichtige Tätigkeit - das Tätigsein - genannt
wird, zersplittert allerdings beim inneren Anblicken. Innen, innen, innen!

Innenwelt! Wahrhaftig: Überhaupt ... dieses Innere scheint am
wichtigsten von allem zu sein! Es kollidiert mit dem Außen, dieser Außenwelt -

Und/Aber in welche Richtung ein jeder Tag gestreckt zu werden
habe, wurde nirgends nachgefragt, wie denn auch!?

Es ist, wie es wirklich ist. Sie gehören zu den Lebenden!

Juli 1984 - Filmszene

Morgens in der Frühe. Die Eiszeit war ausgebrochen. Sonne?
Nicht wahrnehmbar! Im Fond der alten Limousine, die nahe
dem Rathaus parkte, fühlte er sich allerdings sicher. Die orien-
talische Musik erscholl, und mehrere Leute, die die neue Szene
beobachteten, wischten sich den Schweiß von den Stirnen. Sie

standen vor einem großen, reich verzierten Kirchenportal. Ein paar schwarze Limousinen fuhren am Portal vorüber. Aus einem dieser Fahrzeuge grüßte jemand den Herrn im Fond, die Leute vor dem Portal und den Rest der Menschheit. Ich hörte ein paar Schüsse aus einem Schnellfeuergewehr. Vor dem Portal lagen Tote. Und vor meinem Bildschirm sitzend, verspürte ich Mitgefühl mit denen, die im Film zu sterben hatten.

Kein Manchmal

Kein Manchmal, denn es hat sich inzwischen verkrochen. Die, die uns besiegt haben, paradieren den schönsten Hügel hinauf - auf dem glänzenden Asphalt. Weiter, weiter! Sie werden auf eines Berges imposanter Spitze feiern. Aufhalten kann sie keiner mehr! Ihre Fahnen wehen schon. Keine Ausnahme möglich: Sie halten alle wichtigen Positionen in Politik, Wirtschaft und Gesellschaft besetzt!

Lebensgenuss?

Auf dem Hocker sitzend, das kleine Fenster ist geöffnet. Jetzt ist der Blick auf die Hügelkette frei! Babette, die Fünfzigjährige, die ihr Leben als weitgehend abgeschlossen wahrnimmt, denkt nach, erinnert sich. Es ist ein Grübeln. Lebensgenuss? Ach. Angeblich gab es ihn ja. Der eine oder andere Zeitgenosse dürfte ihn empfunden haben - zumindest zeitweise. Stückchen.

Bröckchen. Häppchen. Manches von den vergangenen Jahren ist bei ihr fast ereignislos gewesen. Jedenfalls wurde es so empfunden. Die Zeichen, die gelesen werden sollten, waren überwiegend schlecht lesbar.

Das Erinnern in Fetzen verunmöglicht hier und heute, jetzt, jede Klarheit, Eindeutigkeit. „Was hätte ich anders machen können?" Ihr Hocker bietet ihr die Sicherheit des Sitzenbleibens.

Leidend

Schaut mal, wie schrecklich! Ja, es stinkt. Alles um uns herum ist eitrig. Der moralische Verfall scheint grenzenlos und überall zu sein. Hört auch genau hin - !

Wie sehr das stört? Sehr. Oh diese „menschliche" Umwelt, sie ist penetrant und nahezu unerträglich! Sie drängt sich einem unentwegt auf, ist kaum zu ignorieren. Nichts als Ärger, oder doch vor allem - . Ständige Forderung, die den Hammer schwingt! Gelärm, Getöse von irgendwo her, fliehende Fratzen. Auch Abstürze, Ein- und Abbrüche, schreckliche Überfüllung der Räume. Alles und alle wirken zerquält. Die Menschen sind nurmehr Leute, die wenig sind und noch weniger darstellen. Sie grüßen selten, weisen mit ihrem Egoismus und ihrer Arroganz vor allem auf das Negative im Menschen.

Wir ertragen alles nur noch. Es geht aber immer weiter. Ein Ende ist nicht absehbar. Schlimmer: Hier, überall; grenzenlos: Wir ... sie sind nicht in einem einbruchssicheren Tresor!

Listiger Hauptmann

Da haben wir den Hauptmann der Räuber auf seinem ange-
stammten Terrain!

Listig ist der Mörderbube, zieht heran aus schwarzem Walde.

Krähen, Spatzen, anderes Getier begrüßen ihn mit fröhlichem
Getöne. Kommt hier hin und setzt sich nieder. Und wer ihm
folgt, hat's doch gut: Springt ins Feld, ringt die Feinde nieder,
schon wieder! Selbst die Vögel tirilieren dazu! Wenn die Rei-
senden die Strecke machen, greift er sie an. Bald werden sie
ermordet.

Zum Spaßen ist dies nicht! Es wird dann aber meist ein schö-
nes Fest angelassen, damit das Geraubte verspeist werden
kann, die Bande sich vergnügt. Aber zum Spaßen ist es trotzdem nicht recht! Und der Hauptmann lässt sich von den geraub-
ten Jungfrauen küssen und bejubeln, weil er sie gerettet hat
und sie leben dürfen. Was für eine Schande für die Bande!

Die werden noch geschlachtet wie die Hühner!

Nervt schon wieder, und es sollte sich

ergeben. Doch diese Leute können es nicht sein lassen. Sie
zerren an den Nerven herum, so wie es ihnen gerade gefällt.
Leider kann man ihnen nichts befehlen. Es steht ihnen vieles
frei, was sie auch ausnutzen. Im Nachbarhaus streiten sie sich,
die Rufe und Schreie hören sich bedenklich an. Längst hätte es
einen Eingriff geben sollen, der ein Ende herbeiführen kann,

jedoch das Gesetz verhindert ihn. Das ist es, was selbstverständlich aufregt. Das Studium des Rechts hilft diesbezüglich kaum weiter, vielmehr lässt es vor Augen treten, wie frei Dummheit und Gemeinheit walten können.

Sehe ich richtig?

Wahrlich ... Flaumiges hielt ich in der Hand, jedenfalls sah es flaumig aus. Es fühlte sich hart an. Ich gehörte zu einer Gruppe, die sich wichtig nahm. Sie versuchte zu dominieren. Sprach immer überall mit, versuchte es zumindest. Das beim Betrachten Flaumige gab mir zu denken. Ich dachte, dass ich vielleicht betrogen werden könnte. Und dachte auch, viele andere Menschen könnten betrogen werden! Es ist wichtig, dass man als Mensch seine Intelligenz einsetzt, Widersprüche erkennt, Zeichen liest ...

Selbstaufgabe

Da ich sie jetzt sehe, werde ich glücklich. Allein, mit stark aufgehellter Psyche, stapfe ich durch die Landschaft. Ich sehe sie! Sie erhellt sich nun zu einem freundlichen Panorama. Dann, ganz entschlossen, segne ich diese Landschaft. Freudig sehe ich mich nach meiner Frau um. Ja! Sie ist anwesend. Liebesgefühl kommt auf und durchfährt mich ganz und gar. Blicke auf sie. In jeder Einzelheit nehme ich sie wahr, genieße dies auch.

Aber sie ist nur still. Rührt sich gar nicht. Sie überlässt mir alles im Hier und Jetzt. Bis auf Weiteres gebe ich mich damit zufrieden. Weil ich sie liebe, sehe ich sie in ihrer Ganzheit und in ihrer Vielheit. Sie ist ganz und viel, - perfekt!? Ist sie die Vollendete? Es könnte so sein, jedenfalls hat es angefangen damit, dass ich mich an sie verliere. Fern jedes Zweifelns, drohe ich in ihr aufzugehen ... ja, dies ist ein ganz kurzer Weg, der sehr dramatisch ist. Ich bin dabei, mich selbst aufzugeben.

Sichtbarkeit

Im dichten grünen, braunen Wald hockend, beobachtend, dann auch suchend, rutscht Sanne vom Holzscheitstapel herunter. Sie ist schon Vierzehn. Dort standen noch vor Monaten ein paar Häuser. Jetzt ist dort aber nichts mehr. Alles ist nur noch eine einzige Linie ... so dünn und flach. Dann: Auf der Linie liegend, fordert es Sannes Aufmerksamkeit. Und es stürzt krachend laut hinter der Linie in etwas hinein. Sanne fährt auf, ist sehr irritiert.

Verrückte Marita?

Durch und durch. Ganz im Hier und Jetzt: Tanzen in dem Tümpel, in welchem sich das Leben spiegelt. Die schwarzen Schaftstiefel glänzen stets. Diese Strumpfmütze, blau, bleibt auf dem Kopf. Orange ist der Hosenanzug. Marita, vierzig Jahre alt und Single, lacht ins Fotoobjektiv des Reporters und möchte nur weitertanzen. „Mit mir läuft nichts, ich tanze mich ins Abseits der Gesellschaft! Das finde ich toll!" ruft sie aus. Sie ist eine der ärmsten und reichsten Frauen der Welt. Als Verlegerin von wichtiger Spartenliteratur weiß sie, wer und wie die Geister sind, und auch, Tatsache, wo genau sie sich aufhalten. Doch sie wird es auch heute nicht verraten, selbst wenn ihr ein ganzer Batzen Geld dafür gegeben werden würde. „Von mir erfahrt Ihr nichts, Ihr ... - !"

Was heißt das schon? - Wirklich!

Was heißt das denn schon wirklich? In dem Kästchen kriechen so einige von diesen Tierchen und schenken sich nichts. Das erinnert an die Menschenwelt. Sie tun, was sie tun müssen; leben so (und nicht anders!), weil sie das, jeder für sich, wohl wollen. Jeder verhält sich immer wie die anderen, die ihn umgeben. Sonst würde er zu sehr auffallen. Er will immer! Wie die anderen!

Wohlfühlen und Freiheit

Es darf davon ausgegangen werden, dass eine gewisse Bereitschaft besteht, zu erkennen, wie aufgeschlossen, kreativ, zudem positiv reflektierend, aber auch geistreich und witzig jemand wie ich - eben wie viele andere auch - sein kann, wenn er

sich wohlfühlt, weil er nicht mehr in eine Machthierarchie einge-
spannt ist. Sie dürfen es jetzt, in diesem Moment, erkennen!

Haben sie es erkannt? Hoffentlich.

Dass bedeutet für jemanden wie mich, frei zu sein. Jede Form
von Freiheit ist ganz wichtig! Freiheit hat immer eine Form. Sich
dessen bewusst zu sein, stärkt das Wohlfühlen. Denknotwendig
gehören Wohlfühlen und Freiheit zusammen. Der, der sich bewusst wohlfühlt, kann seine eigene Freiheit denken und fühlen.
Gut ist die Freiheit, die Freiheit ist das Gute!

lebensnah
und/oder
todesnah

Auch ein Haus

Allen im Haus geht es leidlich gut. So heißt es offiziell. Nachts gehen die Lichter immer aus.

F., „Brillo" genannt, der schon seit fünf Jahren dabei ist, arbeitet zuverlässig in der kleinen Bibliothek, - füllt die Karten aus. Zum PC haben sie es nicht gebracht. Alles wird gemächlich erledigt. Zeit steht massig zur Verfügung.

Das Personal in der Anstalt ist zu ihm freundlich und sogar gefällig, was ihn freut. Er freut sich darüber sehr! Aber trotzdem ist er ohne seine Freundin G. nur scheintot. Bald kann er nicht mehr! Sie schreibt nette liebevolle Briefe, die ihn längst anöden, triefen sie doch von Unaufrichtigkeit.

Freund Mischa, der draußen in einem Callcenter arbeitet, informiert ihn mit größter Zuverlässigkeit!

Auch ein Selbstmord

Einmal müsse alles zu Ende gehen. Ihre Liebsten seien schon informiert, bestens informiert. Zweifel am richtigen Vorgehen, an ihrer Entscheidung, habe sie sowieso keine mehr. Die Schatten hätten sich in sie hineingefressen. Sie seien die, die das Ende ihres irdischen Daseins angekündigt haben. Die Mitteilungen seien unmissverständlich erfolgt. Auf Papier nicht, doch das, was sie gedacht habe, müsse als Ankündigung und sogar als Wegweiser gedeutet werden. Wegweiser zum Tod! Noch zwei Minuten ... auf der anderen Seite, wo sie ankommen würde, müsse man sie bei der Ankunft mit Lorbeeren bekränzen.

Das Monster im Mann

„Unser Land zuerst!" hörte ich im Fernsehen, mir dabei vorstellend, wie es wäre, wenn alle Politiker so dächten, immer nur das eigene Land vor alle anderen Länder auf der Erde zu stellen.

Das Monster, welches in ihm, diesem speziellen Superpolitiker, steckt, meldet sich immer wieder. Es ist so eigensinnig, so schnell. Es gibt die dümmsten Sprüche von sich, die von Milliarden Menschen auf der Erde gehört werden. Gerade deshalb, weil sie dermaßen dumm sind? Ach, nein, dieser Superpolitiker wurde in sein Amt gewählt - mit dem Vorsprung von ein paar Millionen Wahlbürgern, die unter der Führung des Monsters im Mann zu mehr Einkommen und einem sicheren Einkommen kommen möchten. Deshalb wird die ganze Erde in Atem gehalten! Und von der Dummheit eines politischen Entscheiders bedroht, der seine eigenen Grenzen nicht kennt!

Der Hass der Nihilisten - das Morden der Nihilisten

Als Nihilisten des Gegenwärtigen können sie auf einen großen Anhang hoffen. Diesem Anhang werden sie die Welt und ihre vielen Aushöhlungen zeigen, zumal erklären. Und mittels des

Hassgefühls können sie alles, was sie wollen, tatsächlich bewirken. Sie halten vor keinem Hindernis; es gibt keine Zweifel,
schon gar keine inneren, sie wurmenden, wie man so schön
sagt. Es kommt ihnen immer auf das Feindbild an!

Hass ist der dynamische Antreiber in Richtung ewige Nacht.
Und sie, die Hassenden, kennen keinen Grund für einen Auf-
enthalt mitten auf der Wegstrecke. Es gibt nichts, was sie lieben
müssen. Vieles darf ihnen auch egal sein.

Sie töten Menschen, sobald sie Widerworte äußern! Dies wird
immer so sein. Aber es gibt Menschen, denen das nicht so gut
gefällt. Dieselben reden gegen die Aktivitäten der Hassenden,
und somit machen sie sich unbeliebt. Wen wundert es, wenn
sie zu Zielen der Nihilisten werden?

"Und was sie tun, weist stets Sinnlosigkeit auf. Der inhaltslose
Nihilismus als ein praktischer Fanatismus kann sie niemals ent-
täuschen", so hörte man kürzlich. Ich nahm es ablehnend zur
Kenntnis. Sind sie einfach nur Terroristen?

Diese Hinrichtung ist ein Ereignis

Freiwillig gemeldet hatte er sich ja nicht dafür.

Er blutete. Jetzt fand die Tötung statt, erforderte die Konzentration des Durchführenden, welcher kein Mitleid zeigen durfte.
Diese Person war ein Dazugehöriger, jedoch wusste er nicht
um die volle gesellschaftliche Bedeutung seiner ekelerregenden
Handlung, die hier und jetzt ein Erfolg zu werden hatte, denn es

hatte ein Urteil gegeben. Keiner würde es ändern können, jetzt, da der Verurteilte aus seinem Körper blutete. Die Passage ins Jenseits war angemietet worden, auch der Delinquent würde des Jenseits aller Wahrscheinlichkeit nach teilhaftig werden. Sein Körper wurde nun in mehrere Teile gehauen.

Was für ein Ereignis! Per TV-Übertragung nahmen Millionen Menschen daran Anteil.

Dieser Untergang

Der Tag dieses Untergangs kommt bestimmt, es ist immer wieder nur eine Frage der Zeit. Ein solches Vergnügen - ja! - ist ihnen sogar lieb. Sie fragen sich manchmal schon, was dahinterstecken könnte.

Wir kennen sie nicht. ... aber ... geht es vielleicht um ein liebgewordenes Geheimnis einer Vollendungsmöglichkeit im Vorgang des Untergehens? Möglich, durchaus. Deshalb: „Vergnügen"!? (extrem fragwürdig) Sind sie denn normal?

Es ist so, dass hier unmöglich geantwortet werden kann.

Zu dieser Vollendungsmöglichkeit im Untergehen, die für uns ohne Geheimnis ist: Das wäre - zum guten Ende hin, dann am guten Ende - so ein wahrhaftig gutes Gelingen, eigentlich zu schön, um wahr sein zu können, welches auf sie wartet. Es gilt allenthalben: Sie wollen dieses gute Gelingen bestimmt! Dann wollen sie eben auch: Gewissheit, Unheil, Untergangspathos.

Sie wissen während eines unaufhörlich anbrandenden Jetzt, dass es mit ihnen aus ist; finden sich damit ab, indem sie ihre Aktivitäten beträchtlich steigern. Alles schneller, besser. Nichts wird ihnen in dieser Phase misslingen können! Glauben sie. Die Gewissheiten, die sie packen, bleiben bei ihnen. Sie werden von ihnen auch noch in aller Schnelle gründlich überarbeitet, denn sie sollen dazu dienen, den Hass unter den Menschen zu entfachen. Der muss her! Leidenschaftlich sollte er nicht sein, sondern billig und oberflächlich. Die Menschheit ist ihnen über. Die Menschheit braucht den Untergang unbedingt - immer wieder!

Dominique Chapelle

Nah der Zeitpunkt, der entscheiden wird, wohin es geht, so sagte er zu mir. Ich lauschte mit Neugier und größtem Interesse. Auf dem Sofa, hinter dem etwas weiter links ein Gemälde Kandinskys hing, räkelte er sich gemächlich und schluckte und schluckte. Das edle Mineralwasser. Seine ihn plagenden Gedanken. Auch ich trank aus der Karaffe, bis ich nicht mehr konnte. Jetzt saß er aufrecht auf dem Sofa. Dominique war einer meiner besten Freunde. Er stellte Schleudersitze für Militärjets her. Aus ihm sprach der Geist der Zeit! Das liebte ich an ihm. Dann schluckte er die Tablette, die rote. Kippte nach hinten weg. Sein Arzt betrat wie gerufen das Zimmer.

Eine Erfahrung des Wartens

Es geschah einfach, als Hubertus Engel in der großen Halle des Hauptbahnhofs zu warten hatte. Die architektonisch imposante Halle war völlig überfüllt. Temperaturen schossen in die Höhe. Engel raufte sich die Haare. Sein T-Shirt war durchnässt. „Ich werde sterben." Er sprach sehr leise. Seit Jahren hatte er sich diese Situation sehnsüchtig gewünscht. Allmählich begann sich jedoch das Gefühl der Enttäuschung bei ihm zu melden, denn hinter ihm saß offenbar keiner mit der auf seinen Hinterkopf angelegten Automatik. „Ach ... sollte ich nicht schon längst tot sein?!" hätte er am liebsten gerufen. Dann schleppte er sich zu den Wendeltüren. Die Lautsprecheransagen. Auf dem Vorplatz herrschte hektisches Treiben. Die Menschen. Nichts von Bedeutung geschah! Zuhause erwartete ihn Magda als der Mensch, der ihn noch mochte. Er grinste in den flüchtigen Sonnenstrahl ...

„Demnächst werde ich noch einmal hingehen, es versuchen. Vielleicht wird er dann hinter mir sitzen und tatsächlich abdrücken!"

Ein scharfes Ziel

Ging es denn? Es blieb nicht mehr viel Zeit, die Gewohnheiten der Leute müssen ausgenutzt werden. Das ist so! Wieder war es günstig: Der Nachbar von gegenüber starrte gewohnheitsgemäß, in seinem Fenster ruhig stehend, voll sichtbar, irgendwohin - als zöge er eine Show ab. Die Lampe über ihm erhellte alles. Alles war sehr gut erkennbar. Ein bestmögliches Ziel. Das

Schnellfeuergewehr, gerettet vom Militär und funktionstüchtig, wurde angelegt. Ja, die Zeit lief jetzt wirklich ab - finale Phase! Mit großem Geschick, viel Übung, wurde durchgeladen. Dann der Abzug, der Schuss. Des Nachbarn Körper fiel zur Seite weg. Hervorragende Leistung! Wir konnten uns nur gegenseitig gratulieren.

Aber Herbert konnte nicht einsehen, dass er gerade einen Menschen ermordet hatte.

Engel - lebendtotwesenhaft

Botschaften kommen von den Wesen, die einem so fern, so nah sind, dass es sie gibt oder nicht gibt.

Sie können sphärisch sein, kaum Materie; eingeschränkt in ihrer Sichtbarkeit für normale Menschen.

Gründe für ihr Dasein können nur außerweltlich sein, - mit ein bisschen rationaler Wahrscheinlichkeit, etwas besser als nur möglich. Ein Gott könnte sie geschaffen haben.

Die Existenz eines Wesens, Lebewesens ist auch eine Frage der konkreten Definition von Leben. Was ist wann und wodurch lebendig?

Ein Glückskind seiner Zeit

Er war es also, der die gesellschaftlichen Normen total missachtete. Er tat dies gewohnheitsmäßig, und die Schatten seiner Vergangenheit ignorierte er sowieso. Aber niemand durfte Letzteres wissen. Dies stand unter Geheimhaltung. Deswegen lief er bestimmt nicht Amok. Meistens blieb er gelassen und tat immer das Richtige - man nannte ihn den Tüchtig-Töter. Allgemein, öffentlich. Bekannt war er durchaus! Und wirklich, man zollte ihm Respekt. Keinem anderen Massenmörder würde man jemals so viel Achtung entgegenbringen! Glaubte er aus Überzeugung. Und er nahm viele Huldigungen entgegen, die er genoss. Er genoss sie wirklich! Für alles ließ er sich bezahlen. Sogar die öffentlichen Ehrungen kosteten etwas. Schließlich meinte der Bürgermeister der Stadt, ein gewisser Müller-Maier, dass er, der „große Tüchtig-Töter" für die Gesellschaft als Ganzes tätig sei. Deshalb sei dieses Honorar amoralisch.

Sie hielten ihn tatsächlich für ein hochanständiges Mitglied der Gesellschaft. Er war ein Glückskind seiner Zeit!

Ein Kampf mit dem Nichts

Gibt es das Nichts?

Er erblickte das ... Nichts, und dann verlor er die Beherrschung. Ein Raum war es, der vor ihm lag! Schritt schnell weiter durch diesen sich weiter öffnenden Raum. Und er sah dort noch etwas, was wichtig zu sein schien. Ja, Menschen. Ja, Tote. Sie zeigten konkret das Ende, symbolisierten dieses Nichts. Oder?

„Immerhin: Leichen!" so stellte er lakonisch fest. „Doch mehr als nichts!"

Unterwegs. Er. Keine Zeit zu verlieren! Gegen jede Art von stereotypem Denken gerichtet, dachte er sehr gründlich, kritisch und ausdauernd nach. Das Nichts, hier, wo er war, blieb einfach. Hier herrschte es total, mit dem Tod gleichzusetzen, wenn er sich nicht irrte ... Leere. Mit Leichen. Sie beschäftigten ihn dann doch. Unterwegs!

Sehr gut, dass er mittels seines Denkens all das erkennen und erfassen konnte! Er hatte ein Bewusstsein, seine eigene Ratio und seinen Willen! Je mehr er alles einsetzte, desto mehr füllte sich das Nichts mit seinen Gedanken ... und wies eine Formgebung auf ...

Ein/Kein Vergnügen

In dem engen Zelt schlummerte unsere junge Kollegin, obwohl es schon gegen Mittag war. Sie hatte - so nahm ich an - in der Nacht zuvor einiges erlebt. Das hieß, der alte Knacker hatte es mit ihr erfolgreich versucht: Dieser Drechsler war dafür bekannt, keine auszulassen. „Der geile Bock!" stand in dieser Stunde wahrscheinlich im nahen Versorgungszelt herum, um mit Witzen und Sprüchen zu unterhalten. Unsere junge Kollegin wachte dann endlich auf und stöhnte vor Schmerzen. Sie hatte wohl ein paar Pillen intus, deren Wirkung sie zu plagen begann. „Ich muss jetzt abkratzen!" rief sie, wonach ich bemüht war, sie von der falschen Gewissheit abzubringen. „Du wirst wieder!" entgegnete ich, sicher überzeugend genug, denn ihr Antlitz hellte auf. Als Drechsler, von den Schmerzensschreien alarmiert, hereinkam, schubste ich ihn sofort aus dem Zelt heraus.

Feuer und Sterben

Unter Feuer stehend, bleiben sie ruhig und verteidigen sich. Es wird zurückgeschossen. Keine Gnade den Feinden!

Hier ist keine Zeit für anderes - der ganze Körper ist angespannt. Jeder von ihnen ist jetzt auf den Feind konzentriert. Teile der feindlichen Truppen sind trotzdem schon bis kurz vor die Linie der Verteidigung gekommen. Der Kampf Mann gegen Mann droht.

Herrmann, keine Zwanzig, ist am Zittern. Dann hackt ein Blauer mit einem Bajonett seine Arme kaputt.

Gewalt ist immer möglich

Die ganze Gruppe, rund fünfzig Männer und Frauen, marschierte an ihr vorüber, als wäre weiter nichts. Ein Lied wurde geträllert. Zwei Trommler gaben, was sie hatten. Die Elite der Partei marschierte im ersten Glied stramm vorneweg. Und Sabine wäre liebend gern mit dieser Elite mitmarschiert, doch sie konnte sich beherrschen. „Sie regieren nur mit Gewalt, wenn sie können ... !" sagte sie zu Joachim, der sich die Gesichter der Marschierenden zu merken versuchte. Er notierte etwas in ein

Büchlein, und zwar viel zu auffällig, weshalb ein Glatzköpfiger auf ihn zustürzte. Sabine und Joachim retteten sich noch gerade so in den Hauseingang mit dem Kranz über der Tür. Ein Polizeibeamter hatte einen Warnschuss in die Luft abgegeben. Vom Glatzköpfigen war dann nichts mehr zu sehen.

Glotzte. Eine enge Begrenzung der Welt

Sie glotzte in die Kiste und stöhnte. Da war nichts, was begeisterte. Sie suchte nach einem Fixpunkt auf der matten Scheibe, wo nur ein gräulicher Schnee wirbelte, fand aber keinen. Sie fühlte sich verloren.

Gerade dort, wo sie gerade saß, … herumrutschend, wünschte sie sich eine neue Welt herbei. Und auf wundervollen Ätherwellen reitend, hoffte sie auf eine Veränderung ihres Lebens ohne Pathos!

Sie war dem Immer-Glotzen verfallen. So war es einfach. Sehr wahrscheinlich würde es noch lange so bleiben! Es gab keinen einzigen Zweck, der es für sie wert war, verfolgt zu werden. Wirklich kein Ziel war dafür würdig genug!

Allerdings: Manchmal fühlte sie sich wohl, es kam sogar ein kleines Gefühl des Glücks auf. Doch weder Zweck noch Ziel formten sich zu Erwartungen um … Auch viel später würde sie sicherlich nicht aufstehen, um die Welt kennenzulernen!

Gott, mein Gott

Wer hat schon einen …? Einen, an den er glaubt? Die Chancen stehen ausgezeichnet, ohne einen einzigen Gott im Leben aus-zukommen, jedoch dann, wenn es ans Sterben geht, könnte irgendeiner von denen, die sich Gott nennen, gefragt sein. Er wird dann direkt angesprochen. Sollte es zur Kommunikation kommen, käme es darauf an, alles für wahr, echt und was weiß ich noch zu halten. Gott, du mein Gott, würde dieses Falls ge-sagt werden. Das Bild von Gott wäre sicher gegeben. Vermut-lich würde dieser Gott einen dann von der Erde nehmen, um einen irgendwo „unterzubringen". Dies wäre eher peinlich, will man doch selbstständig und selbstverantwortlich bleiben.

Halbnacktdraufundweiterso

Der Liebesakt, der stattfand, war nicht so gelungen wie erhofft. In concreto ging es zuletzt nur noch darum, Haltung zu bewah-ren. Und wie! Kurios, brutal! Der Punkt war schnell erreicht, als aus LUST HASS wurde. Es war ja auch wie ein Sterben - ein Ermordetwerden. Lebendig, aber sicher fast schon tot, lag ich auf dem Teppichboden, ohne noch denken zu können. Ein Ge-fühlschaos herrschte über mich.

„Heilig ist das Leben"-These/Die Diskussion

Das ist die These. Ist es wirklich so? Wer wüsste es zu sagen
… mit Gewissheit. Vielleicht ist es ja doch so! Als Mensch, persönlich, meine ich schon, dass es heilig ist. Heute lebe ich in
einer Zwischenphase zwischen Lebensbeginn und Lebensende. Dabei lebe ich lebensnah; persönlich lasse ich auf das Leben in dieser Phase nichts kommen! Es lässt sich über o.g.
These auf jeden Fall diskutieren. Lasst uns das tun! Ich stehe
dazu bereit. Vermutlich werde ich noch ein paar Jahrzehnte
„zwischenzeitig" leben müssen, gerade deshalb ist diese These
für mich interessant. Die, die mir das Leben geschenkt haben,
sind natürlich schon gestorben, aber ich kann mich an sie erinnern. Alle müssen einmal sterben. Vielleicht wird das Lebensende sogar angenehm sein. Wer weiß. Jetzt warte ich auf den
Beginn unserer Diskussion darüber, ob das Leben heilig ist.
Macht schon!

Krankenbett-Dasein

Aus Röhren strahlte grelles Licht auf Gegenstände und Menschen im Dreibettzimmer. Der Eine, ein älterer Fettleibiger, hing
am Tropf, lamentierte über sein Schicksal. Die Lunge versagte.
Aber der Andere - die Ehefrau saß vor seinem Bett - erzählte
Zoten, die er mit seiner schweren Herzkrankheit verband. Er
hatte schon mit dem Leben abgeschlossen, gewissermaßen
erfolgreich. Das Fernsehprogramm beachtete anscheinend keiner. Dietrich, auch anwesend, war ein folgsamer Patient. Die
junge, emsige und hübsche Pflegerin um die Dreißig nahm ihm

das Blutdruckmessgerät vom Arm ab und checkte die Werte. Ihre Miene sagte nichts Gutes. Er würde länger Gast im Krankenhaus sein müssen, um geheilt zu werden. Er dachte immer über das Sterben und den Tod nach, dabei war er deutlich weiter von ihnen entfernt als seine Zimmergenossen.

Lebensgefühl im Alter

Es gab keinen Grund, zu verzweifeln. Das Alter war als Herausforderung zu verstehen. Die Achtzig waren noch längst nicht erreicht.

Und noch gab es Freundschaften, die halfen. Sie kamen zum Plauschen vorbei. Jupps Haus im Wald war eines für alle, für die er ein Jemand war. Ein Jemand! Bruder Josef, der Ältere, kam hin und wieder, um auch und gerade Trost zu spenden. „Wir werden alle älter!" Und, ja, Jupp lächelte beim Gedanken an ihn. Ein Korn wurde gern einmal gekippt. Das Schachspielen begeisterte noch. Die „guten Erinnerungen" an frühere schöne Zeiten munterten ihn auf.

Er lebte. Er lebte!

Lebensnah, todesnah

Komme, komme - gehe, gehe. Das ist stets Bewegung, die trägt. Ich komme kaum dazu, das Leben bewusst wahrzuneh-

men. Was gelebt wird, wird nicht bewusst genug gelebt, nicht
genug geschätzt! Wie sollte echter Genuss möglich sein? Immer bin ich lebendig am Sterben. Nah dem Leben, nah dem
Tod!

Lebensweg: Geburt, Leben, Sterben, Tod

Heraus und herein ins Leben, in größter Zahl. Eine Zeit lang
steht das Leben, doch dann kommen Vergehen und Enden,
welches aus einem Sein ein Nicht-Sein macht. Aus Eins wird
Null. Jenes „ein Mensch unter Menschen sein" ist ein Dazwischen, auf das sehr viel Wert gelegt wird. Es soll möglichst lange dauern. Das meint meist das Individuum, was nach Erfolgen
im Leben strebt.

Lebenswirklichkeit im mittleren Alter

Die Grenzen verwischen schnell, es wird manchmal der Tod
herbeigewünscht, obwohl er am Ende eines langen und erfüll-
ten Lebens stehen sollte, nicht „mittendrin". Dieser Wunsch ist
ein Spiel mit Gedanken und Gefühlen, aber leider ein ausge-
sprochen dunkles. Liegt es daran, dass die Mühen des Lebens
zugenommen haben, alles viel anstrengender wird? Ziele hätten erreicht, Mängel beseitigt werden sollen? Hätte es tiefe Beziehungen zu bestimmten Menschen geben sollen? Vielleicht.

Luchs

Auf dem einsamen, sehr verschlungenen Waldweg begegnete man selten Menschen.

Allerdings: Die Zivilisation des modernen Menschen war überall und in allem. In unserer Kleinstadt gab es neben Haushund, Hauskatze, all diesen Vögeln und den Fischen in ihren wenig geräumigen Behältnissen kaum frei lebende Tiere. Die Ratten hatten uns schon vor sehr langer Zeit verlassen. Die Menschen vergaben sich nichts mit ihren Ansprüchen an Haus, Hof und Garten.

Der Luchs war tatsächlich wieder gesichtet worden, dieses edle Tier. Fürchten musste man sich vor ihm keinesfalls! Der Waldweg war heute frei begehbar, frei von Menschen: Dort saß der Luchs, der erste bei uns gesichtete seiner Art. Es galt, jetzt einfach stehenzubleiben. Sein Blick wurde erwidert. Schön wäre es gewesen, ihn zu füttern.

Macht innen, Macht außen

Schlanker, leider durchaus ohne jeden Wert und somit gewissermaßen eine Zumutung für seine Mitbürger, hielt sich subjektiv für unschuldig, was ausschlaggebend war. Deshalb konnte sich Schlanker innerhalb seines eng begrenzten Bewusstseins für mächtig halten, sich gegen das Schicksal wenden. Dieses Schicksal war allerdings absolut faktisch.

Es hing als Todesmacht drohend über ihm. nötigte ihm eine grandios gewaltige Entschlossenheit ab! Hoffte, dass sie, diese Todesmacht, sich ihm ergeben würde! Hoffte zudem, dass sie gegen seine eigene punktuell-dynamische Machtentfaltung im Augenblick des Sterbens nichts ausrichten könnte.

Aber das war's dann doch.

Verloren in einem Hohlraum des Verstandes

Den Glauben an die Welt, die Menschen und alle Grundlagen, die es so gab, hatte er noch nicht verloren. Bemerkenswert! Auch Freundin Gloria Schein nicht. Sie wollte, dass er mutig blieb. Sie rief zu ihm herüber, ihr Lächeln war „Gutes-Sterben-Programm"!

Obwohl der Tod schon zu ihm sprach, Meister Tod mit der Sichel - äh, oder war es ein Hammer? Er konnte sogar noch sprechen in diesem einen kuriosen Hohlraum des Verstandes, in dem er sich aufhielt. Glücksgefühl gab es nicht, und die Zufriedenheit war sowieso nur noch eine winzige Erinnerung.

In dem bestimmten Augenblick dieses kurzen, sehr kurzen Sterbens - zwischen dem Leben und dem Tod - , gab es kaum Gefühl, aber ein wahnwitziges Tempo, dem er sich nicht entziehen konnte. Diesseits und Jenseits begrüßten sich mit einem blitzschnellen Handschlag.

Zwischen zwei Welten

Möglich wäre immer das *Vorhandensein* von Leben und Tod in einem einzigen Augenblick! Dieser Augenblick wäre erfüllt von diesen extremen Gegensätzen der Natur. Diese Gegensätze stellen die polaren Welten als Teil des Alles und Teil des Nichts dar.

Das könnte jedoch nur dann der tatsächliche Fall sein, wenn der Tod noch nicht ganz eingetreten ist. Das Leben des Sterbenden sich weiterhin, halb bewusst, zeigt. Es ist der letzte Hauch von Leben.

Zwischenweltliches

Manche von denen, die surreal oder/und fantastisch denken und sprechen, äußern sich gelegentlich zum Thema „Zwischenwelt". Das ist nicht nur so ein Begriff! Da wäre aber schon zu fragen, wo dieselbe sein soll, wenn es sie denn überhaupt real oder/und irreal gibt.

Ist sie in der Sphäre, die uns hier und jetzt, an dem jeweiligen Ort, unmittelbar umgibt? Unsichtbar. Aber doch real! Oder ist sie Zeit/Raum außerhalb dessen, was wir gegenwärtig erfahren - vorher, nachher? Nach unserem Tod womöglich?! Also eher irreal! Oder vielleicht: In einem parallelen Universum - gleichzeitig vorhanden, irgendwo? Irreal oder real?!

Nun, Fragen kann man immer stellen, auch wenn sie noch so belanglos sind, doch oben gestellte sind bestimmt von großem

Belang. Denn wir wollen doch wissen und uns dessen voll bewusst sein, ob wir in diesem Moment WIRKLICH existieren oder nicht. Wer dazwischen ist, ist nämlich im Grunde UNWIRK-LICH.

Zum Autor

Kay Ganahl, Jahrgang 1963

Diplom-Sozialwissenschaftler, Schriftsteller, Kommunikationsbeauftragter im Fr. Dt. Autorenverband/NRW (Landesvorstandsmitglied), Gründungsmitglied der Solinger Autorenrunde

Gesellschafts- und zeitkritische Lyrik, Kurzprosa, Kurzgeschichten, Erzählungen, Romane und Stücke. Wissenschaftliche Studien

Ganahl veröffentlicht Ebooks und Bücher. Auch im Selbstverlag. Anthologie- und Zeitschriftenbeiträge

Web: kay-ganahl-selbstverlag.de